KB114837

30인의
회귀자

30인의 회귀자 5

이성현 장편소설

초판 1쇄 찍은 날 § 2018년 2월 23일
초판 1쇄 펴낸 날 § 2018년 3월 2일

지은이 § 이성현
펴낸이 § 서경석

총괄팀장 § 최하나
편집책임 § 이지연

펴낸곳 § 도서출판 청어람
등록번호 § 제387-1999-000006호
등록일자 § 1999. 5. 31
어람번호 § 제1-2859호

주소 § 경기도 부천시 부일로 483번길 40 서경B/D 3F (우) 14640
전화 § 032-656-4452 팩스 § 032-656-4453
http://www.chungeoram.com
E-mail § chungeorambook@daum.net

ISBN 979-11-04-91662-5 04810
ISBN 979-11-04-91551-2 (세트)

5

결사대여, 다시 한번

이성현 장편소설

FUSION FANTASTIC STORY

30인의
회귀자

도서출판 청어람

30인의
회귀자

목차

C O N T E N T S

제1장
끊어진 족쇄

카르디어스 신성력 1398년 8월 5일.

"이랴! 이랴!"

다그닥다그닥.

마부석에 앉은 크루겐이 단단히 붙잡은 말고삐를 내려쳤다.

그의 옆에 앉은 그레인은 지도를 펼쳐 들고 남은 거리를 계산 중이었다.

빠르게 달려가는 마차 뒤로는 모래먼지가, 앞에는 끝이 보이지 않는 황야만이 이어졌다.

원래 예정에 없었던 아딜나의 자선 파티와 그 뒤처리로 인해 일정이 뒤처졌던 그레인 일행은 이전처럼 도보가 아닌 짐마차로 빠르게 이동 중이었다.

당분간 베릴란트 성에서 마법 수련에 전념하게 된 아딜나는 자선 활동을 할 때 쓰던 짐마차를 선물했고, 그레인 일행은 기꺼이 받아들였다.

"음?"

연속으로 말고삐를 내려치던 크루겐이 인기척을 느끼고 뒤를 돌아봤다.

짐칸에 있던 베스티나가 바람에 흩날리는 머리카락을 어루만지며 마부석 쪽으로 조심스럽게 나왔다.

"전하는?"

"주무시고 계셔."

"잉? 이렇게 흔들리는데도?"

"며칠이나 지났는데도 많이 피곤하신가 봐. 자선 파티 때 워낙 많은 사람과 이야기를 나누셔야 했잖아. 차라리 수백 마리의 몬스터와 싸우는 편이 낫다고 하시면서 눈을 붙이셨어."

그레인과 크루겐, 둘과 함께 보낸 시간이 어느 정도 되어서였을까.

베스티나의 말투는 예전보다 상당히 편하게 바뀌었다.

"하긴, 사람 상대하는 게 은근히 피곤한 일이니까."

자선 파티의 자금을 대고, 아딜나와 함께 파티의 주인공 역할을 한 펠릭스에게 많은 이가 몰려들었다.

평소 같으면 특유의 거대한 몸집에서 피어오르는 위압감에 웬만한 이들은 감히 다가갈 엄두조차 못 냈을 것이다.

그러나 주최자인 아딜나를 생각해서 펠릭스는 왕실 예법에 맞춰 모든 이를 정중하게 대했다. 권력이나 힘이 아닌, 다른 요소로 자신이 '대공'임을 여지없이 보여주었다.

그 밖에 거대한 펠릭스와 작고 아기자기한 에르닌과의 춤도 여러 의미로 볼거리였다. 춤의 마지막 타이밍에 에르닌을 두 팔로 안아 왼쪽 어깨에 태우는 장면에서는 파티에 참석한 모든 이의 박수와 환호성이 쏟아져 나왔다.

분위기를 띄울 요량으로, 춤을 추기 전 에르닌이 미리 귀띔한 대로 한 것뿐이었지만.

"정말 화기애애한 분위기였지. 솔직히 스코트가 주최했던 왕성 무도회는 긴장 때문에 제대로 즐기지도 못했는데, 이번에는 진짜 좋았어. 무려 여자와 춤도 처음 춰보고 말이야."

"나 역시 즐거웠다. 아니, 즐거웠어. 파티는 처음이었거든."

베스티나는 정면을 향한 채로 눈동자만 옆으로 돌려 그레인을 힐끗 보았다.

"춤은… 춰보지 못했지만."

"아무튼 이대로라면 그럭저럭 날짜에 맞춰 도착할 테고, 내일이면 드디어 대장을 만나게 되겠네."

이전까진 숲이나 정비된 도로가 없는 경로로 이동해서 마차가 있어도 사용하기 힘들었던 게 사실이다.

지금은 이동 경로의 대부분이 벌판이나 황야였기에 마음껏 속도를 낼 수 있었다. 물론 짐마차로 이동해도 문제없다는, 대공으로서의 품위 따윈 상관하지 않는 펠릭스의 사고방식 덕분이었지만.

'맥스라, 회귀한 이후 대충 6년 만에 만나게 되겠군.'

지도를 도로 접은 그레인의 손이 미세하게 떨리고 있었다.

아무래도 지금까지 만났던 옛 동료들과는 의미 자체가 달랐다. 그렇기에 맥스와의 재회는 그레인을 흥분과 긴장으로 휩싸이게 만들었다.

정면을 바라보며 침묵을 지키는 것으로 평온을 가장했지만 말이다.

"너희들이 말하는 대장은 어떤 사람이지? 이름이 맥스, 맞지?"

그레인이 알려준 회귀 전의 이야기에서 맥스에 관하여 들은 적이 있었다.

하지만 그녀가 들은 내용은 어디까지나 단편적이었기에 어떤 인물인지 파악하긴 어려웠다.

"대장? 대장은 흐음… 이건 그레인이 답해줘야겠어."

"나?"

크루겐을 사이에 두고 베스티나의 반대편에 앉아 있던 그레인이 손가락으로 자신을 가리켰다.

"마차 모느라 집중해야 하거든. 옛 기억 떠올리기엔 좀 벅차."

"그레인, 맥스는 어떤 사람이지?"

"결사대원 중 그 누구보다 책임감이 강했던 사람이었습니다."

회귀 이후 변한 이들이 많았던 만큼, 맥스에 대한 그레인의 서술은 과거형이었다.

6년은 알던 사람이 바뀌기에 충분한 시간이다. 무엇보다 고든을 죽인 자가 맥스인 만큼, 그것만으로도 이전에 알던 맥스와는 변한 건 분명했다.

"그래도 벌써 스코트와 연락해서 결사대를 다시 모으는 걸 보면 크게 바뀐 건 없을 겁니다."

인간은 쉽게 바뀌지 않는다.

그 말을 한 당사자인 맥스 본인도 마찬가지일 것이다. 목적을 이루기 위한 수단을 택하는 데 있어서는 확실히 바뀐 것 같지만.

"원래 이식받았던 코어는 지금 맥스의 것이라고 했지?"

"네."

"아쉽진 않아?"

"솔직히 아깝긴 하지만, 지금은 이게 있으니까요."

그레인은 빙룡의 어금니가 이식된 왼팔의 팔꿈치 부분을 어루만졌다.

＊　　　＊　　　＊

그날 밤.

야숙을 택한 그레인 일행의 짐마차 주위에는 고요함이 감돌았다.

마차를 계속 모느라 피곤에 절은 크루겐은 식사를 마치자마자 짐마차 안에서 곯아떨어졌다. 펠릭스는 크루겐의 코 고는 소리에도 아랑곳하지 않고 깊은 잠에 빠져 있었고, 그레인은 짐마차 옆에 피운 모닥불 앞에 앉았다.

맞은편에는 베스티나가 초조한 얼굴로 모닥불 안의 불씨를 나뭇가지로 뒤척거렸다. 이미 자신의 불침번 시간은 지났지만, 잠을 쉽게 이루지 못했다.

"두렵습니까?"

"기껏 마음을 가다듬었다고 생각했는데……."

베스티나는 여전히 무뚝뚝한 얼굴이었지만, 이전보다는 표정의 변화가 두드러졌다.

덕분에 그레인은 그녀의 감정을 읽기에 훨씬 용이했다.

"정말로 교단과 맞서 싸운다는 생각을 하니 잠이 오질 않아."

밤이긴 하지만 계절은 여름이었다. 그럼에도 웬만한 냉기에는 추위를 느끼지 못하는 그녀의 몸이 미세하게 떨고 있었다.

"예전에… 전생 때의 너는 어떤 기분이었지?"

"완전히 교단과 척졌을 때의 심정 말입니까?"

그레인은 베스티나의 안색을 살피고선 어떤 대답을 해야 할지 갈등했다.

지금의 베스티나가 원하는 건 앞으로 펼쳐질 고난에 대한 공감, 혹은 위로.

현실의 직시가 아님은 이미 알고 있었다.

"지금 분위기에서 이런 식의 대답은 어울리지 않겠지만, 솔직히 고민할 겨를도 없었습니다. 저주의 잔이 통하지 않는다는 게 폭로되자마자 이전까지 함께 싸웠던 동료들이 저를 추적했죠. 몬스터를 제외하면, 가장 먼저 제 검에 묻었던 피는 그 동료들의 것이었습니다."

"……."

그러나 그레인은 베스티나가 원하는 방향과 정반대의 대답을 내놓았다. 조금이라도 현실에 더 빨리 적응하기 바라는 마음으로.

"하지만 당신은 더 급박한 상황이었겠죠."

"내가?"

"교황 앞에서 진실을 숨겨야 하지 않았습니까? 게다가 바로 옆에서 저주받지 않은 하이브리드가 죽는 걸 보면서도, 지금까지 버틴 것만으로 대단한 겁니다."

그렇다고 베스티나를 일방적으로 몰아붙이지는 않았다. 실제로 그녀는 언제 정체가 발각되어 죽을지 모른다는 공포를 버텨내며 여기까지 왔다.

'전생의 내가 베스티나의 입장이었다면, 일찍 생을 마감했을지도 모르지.'

그레인은 베스티나의 안색을 다시 한번 살폈다. 아직까지도 그녀의 표정에는 완전히 떨쳐내지 못한 불안감이 남아 있었다.

"맥스라는 남자가 나를 결사대에 받아줄까?"

"그 부분에 대해서는 걱정하지 마십시오. 시련을 받지 않는 하이브리드는 그 자체만으로도 결사대에겐 귀중한 존재입니다. 당신이 배신하지 않는 이상, 결사대는 당신을 보호해 줄 겁니다."

"하지만 나는 체일런을… 미안, 같은 걸 계속 물어서."

베스티나는 이미 확답을 들은 내용을 하나하나 확인하는 자신의 행동에 고개를 설레설레 저었다.

정작 그레인은 짜증 한 번 내지 않았지만.

"이해합니다. 이런 말하긴 그렇지만, 당신은 이제 겨우 20살밖에 안 되었으니까요."

"20살? 20살이라……."

"이상합니까?"

"그런 게 아니라, 실제로는 40살을 넘긴 너에게 존댓말을 듣는 게 어색하게 느껴져서."

"나는 현재 18살, 당신보다 2살 연하이니까요."

그레인이 나이 차이를 언급하자, 베스티나가 그의 얼굴을 빤히 쳐다봤다.

당연하지만 외모상으로는 절대 40대 남자로는 보이지 않았다.

"확실히 그냥 같이 지낼 때에는 18살로 보이긴 해. 아니, 오히려 좀 앳되어 보이네."

"리카르도와는 달라서 다행이로군요."

"그런데 전생에 대해 이야기할 때나, 전투 중일 때는 절대 그 나이대로 보이지 않아."

베스티나는 그동안 그레인과 크루겐, 두 회귀자와 함께 있을 때 느꼈던 이질감을 언급했다.

"흐음, 어떻게 설명해야 할까요……."

그레인은 대답을 위해 생각에 잠겼지만, 마땅히 떠오르는 게 없었다.

"그러면 내가 대신 설명해 줄까?"

부스럭하는 소리와 함께 크루겐이 마차 밖으로 걸어 나왔다.

"크루겐? 언제 깼어?"

"방금 전에."

그레인의 왼편에 털썩 앉은 크루겐은 모닥불 옆에 놓여 있던 나뭇가지를 하나 집어 들었다.

"흐음, 베스티나가 물어봤던 그 이질감의 원인에 대해 설명해 볼게. 근본적 원인은 전쟁에 지냈던 결사대 내의 분위기 탓도 있겠지만, 환경의 차이 때문일 거야."

"환경의 차이?"

크루겐은 나뭇가지로 바닥에 무언가 그리기 시작했다.

"가령 예를 들면, 한 사람만 살고 있는 외딴섬이 있다고 가정해 보자. 그 섬을 지나가던 배가 갑자기 침몰한 탓에, 섬이라고는 구경조차 못 해본 사람들이 섬에 표류한 거야. 그리고 원래 살고 있던 한 사람과 만나게 된 거고."

섬, 그 위에 나무 한 그루, 그리고 직선으로 그려진 여러 명의 인간들.

그다음 크루겐은 다수의 표류자와 한 명의 원주민 사이에 화살표를 그렸다.

"혼자서 살아온 섬의 원주민인 그를 표류자들은 어떤 눈으로 볼까? 간단히 생각해 봐."

"음… 문명과 단절된 섬에 혼자 살았으니 아무래도 원시적인 모습일 테고, 행동도 그렇겠지."

"맞아. 게다가 혼자 사는 인간은 자연스레 타인과 교류하는 법을 망각하게 마련이야. 예절이나, 눈치 같은 거. 사실 인간 혼자 살아가는 데엔 그런 건 필요가 없으니까. 그런 상황에서 표류자들은 원주민인 그를 멍청하거나, 어리석다고 판단할 거야. 더 간단히 말하면, 실제 나이보다 어리게 보겠지. 외모가 아닌 행동에서 말이야."

설명을 죽 이어나가던 크루겐이 이번에는 아까와 반대 방향으로 화살표를 그렸다.

"시간이 흘러, 표류자들이 가지고 있던 비상식량을 다 먹게 된다고 쳐. 그 이후로 돈이나 기타 등등의 방법이 통하지 않는 섬에서 표류자들은 하루하루를 버티기 위한 음식을 구하느라 힘겨워할 게 뻔해. 반면 원주민인 그는 여태까지 한 방식대로 식량을 구하고 만들겠지. 외딴섬에서 혼자서도 식량을 구할 수 있는……. 그러나 표류자들은 섬에 오기 전까진 익힐 필요가 없었던 방법으로 말이야."

"아……."

"그런 원주민의 눈에 표류자들은 어떻게 비쳐질까? 자기 혼자 먹을 것도 못 챙기는 어린아이처럼 보이겠지? 표류자들이 아무리 나이를 많이 먹었어도, 그건 섬이 아닌 다른 곳에서 먹은 나이니까."

크루겐의 설명을 이해한 베스티나가 고개를 끄덕거렸다.

"결국 사람의 나이란 아까 말한 대로 상대적이야. 나나 그레인은 평화로운 일상보다는 교단과의 사투 속에서 더 긴 시간을 보냈어. 그렇게 전생과 현생을 합쳐 40년을 넘는 시간을 살아왔지만, 평화로울 때엔 20살인 너와 별 차이가 없을 수도 있어."

베스티나는 일반인이 보기엔 거칠고 험난한 시간을 보냈다.

그러나 결사대와 몇몇 조력자를 제외하면 나머지 모두가 적이었던, 손에 피가 마를 날이 거의 없었던 전생을 보냈던 둘에 비해서는 아무것도 아니었다.

"나와 그레인에게 느꼈던 괴리감은 아마도 다른 결사대원들을 만나도 느낄 거야. 그리고 우리들이 더 이상 동년배로 보이지 않을 때가 온다면……."

크루겐이 말끝을 흐리며 모닥불을 응시했고, 베스티나는 침을 꿀꺽 삼켰다.

"당신에게는 지옥일지도 모르겠습니다."

둘의 이야기를 계속 듣고만 있던 그레인이 대신 대답을 했다.

"그리고 그때가 머지않았지."

화르륵.

크루겐이 나뭇가지로 모닥불 안을 휘젓자 불길이 위로 솟아올랐다.

"하지만 너희들이 단지 그런 기준만으로 타인을 대하는 것 같지는 않아. 너희들은 전하의 동생인, 베릴란트 왕국의 왕하고도 말을 놓았잖아? 아, 이것도 아까의 설명에 해당할까?"

"그건… 그레인, 네가 설명하는 게 더 어울릴 거 같다. 답해 줄 수 있지?"

"그건 또 다른 기준 때문입니다. 전생에 이미 만났던 이들과 달리, 현생에 새롭게 만난 사람들은 현생의 기준으로 대해야 하니까요."

그레인을 포함한 30명은 전생의 실패를 극복하기 위해 회귀했다.

그러나 전생을 기준으로 모든 걸 판단할 생각은 없다. 그들만의 고독한 싸움을 이어나갔던 과거와는 달리, 더 많은 이를 끌어들이려면 되도록 선입관을 배제해야 하기 때문이다.

"이런, 왠지 말하다 보니 당신을 더 불안하게 만든 게 아닌가 모르겠습니다."

"아니야. 원래 주제에서 벗어난 느낌이지만, 이야기를 하다

보니 훨씬 나아진 기분이야."

"이젠 좀 괜찮습니까?"

"고마워, 둘 다."

베스티나는 모포 안에서 꼼지락거리며 팔을 매만졌다.

"그리고… 졸리네."

그녀는 떨림이 사라진 대신 뒤늦게 찾아온 졸림에 눈꺼풀을 감았다 뜨기를 반복했다.

결국 베스티나는 무릎 사이로 얼굴을 파묻은 채 잠이 들어버렸다.

그레인은 베스티나를 깨우려고 했지만, 이내 관두고 자신 몫의 모포를 그녀의 등에 조심스럽게 둘러주었다.

"너 뭐 하냐? 너나 저 애나 추위도 못 느끼잖아?"

사실 둘 다 모포가 필요 없는 몸이었음에도.

*　　　*　　　*

다음 날.

그레인 일행을 태운 짐마차가 수풀 사이의 넓은 도로 위를 질주했다.

짐마차는 두 갈래로 나뉜 길 중 서쪽이 아닌, 남쪽으로 방향을 틀었다. 성지가 아닌, 맥스와 만나기로 한 장소를 향해.

말을 모는 크루겐과 그 옆에 앉은 그레인, 그리고 짐마차에 앉아 있는 베스티나와 펠릭스 모두 입을 다물고 침묵을 지켰다. 정면을 향해 시선이 고정된 그레인의 귓가에 말고삐를 내려치는 소리와 바퀴가 돌아가는 소리만이 반복해서 들렸다.

"으음?"

지평선 부근에 뭔가를 발견한 크루겐의 두 눈이 가늘어졌다.

"맥스… 는 아닌 것 같고."

"위치상으로도 아니야."

도로 한가운데에 진을 치고 있는 무리는 얼핏 봐도 30~40명 정도 되는 인원이었다.

"저거, 교단의 깃발이잖아?"

크루겐의 시야 저 멀리 교단의 문양이 그려져 있는 깃발이 바람에 펄럭거렸다.

'그들'과의 거리가 좁아지면서 그들이 걸친 갑옷과 복식을 확인 가능해지자 크루겐의 눈썹 사이가 일그러졌다.

교단의 성당 기사단원과 성직자들, 그리고 하이브리드로 보이는 이들이었다.

"설마 우리들을 잡으러 온 걸까?"

"아니, 그렇다면 더 많은 병력이 있어야 할 거다."

"아무튼 마차를 멈추기는 해야겠네. 괜히 일이 복잡해지는 건 싫은데……. 워, 워."

크루겐이 말고삐를 잡아당기며 짐마차의 속도를 천천히 줄였다.

짐마차가 멈추자 그레인과 크루겐이 마차에서 내렸고, 뒤이어 베스티나와 펠릭스가 내렸다.

"실례하겠습니다. 여러분들은 어디에서 오신⋯ 헉!"

그레인 일행을 가로막던 성당 기사단원 중 한 명이 펠릭스를 보자마자 뒷걸음질 쳤다.

2미터를 훌쩍 넘는 거대한 덩치에, 양팔과 상체에 둘둘 감겨 있는 영겁의 사슬.

그리고 얼굴 여기저기에 자리 잡고 있는 흉터들.

그를 처음 접한 이들이 반드시 거쳐 가야 하는 감정인 두려움이 성당 기사단원들을 휘감았다.

'아무래도 전하가 워낙 눈에 띄니, 하이브리드라는 걸 밝혀야겠군.'

펠릭스를 제외한 세 명은 서로 고개를 끄덕이며 의견이 일치함을 확인했다.

"저희들은 교단의 명을 받아, 베릴란트 왕국의 대공인 펠릭스 전하를 성지로 안내 중이었습니다."

"페, 펠릭스 대공 전하? 자, 잠시만 기다리십시오!"

맨 앞에 있던 성당 기사단원이 다급히 무리 속으로 들어갔다. 얼마 지나지 않아 지휘관으로 보이는 이가 걸어 나오더니 펠릭스를 향해 예를 취했다.

"베릴란트 왕국의 고명하신 펠릭스 대공 전하를 뵙게 되어 영광입니다. 저는 성지 직속 제6성당 기사단의 부단장 코린트라고 합니다."

펠릭스는 말없이 베릴란트 왕실 소속임을 증명하는 반지를 꺼내 코린트에게 건넸다. 반지를 꼼꼼히 확인한 코린트는 다시 한번 펠릭스를 향해 허리를 조아렸다.

"그러면 전하를 호위하는 자네들은 하이브리드겠군. 증명할 수 있겠나?"

코린트는 펠릭스 옆에 서 있는 세 명을 넌지시 바라봤다.

그레인과 크루겐, 그리고 베스티나는 각자 로사리오를 꺼내 코린트를 향해 내밀었다. 세 명의 로사리오를 살펴보는 코린트의 눈매가 심상치 않았다.

혹시 밝혀지지 않아야 할 '사실'이 들통났을까 봐 조마조마하던 베스티나와 달리, 그레인과 크루겐은 표정 변화가 없었다.

어차피 이곳을 벗어나려면 피를 보지 않고는 불가능하다고 생각했기에.

"흐음, 문제없군. 그런데 자네들은 왜 법의를 걸치지 않았나? 신성한 성지에 들어가기엔 적합하지 못한 복장으로 보이는군."

부드러운 말투와 달리 그레인 일행을 바라보는 코린트의 시선은 곱지 않았다. 노출이 심한 베스티나에 시선이 멈추자 노골적으로 인상을 찌푸리기까지 했다.

"아, 그게 말이죠……."

크루겐이 교단 신분임을 알리지 않고 이동해야 했던 사정

을 설명하자, 코린트는 고개를 끄덕이며 납득한다는 표정을
지었다.

"하긴, 그럴 수 있겠군."

"그것보단 성지 직속 부대라면 성지 안에 있어야 하는 거
아닌가요? 무슨 일이라도 있나요?"

"그건 말이다……."

오랫동안 추적하던 탈주자의 행방이 성지 부근에서 포착되
었고, 급히 병력을 소집해 추적 중이라는 설명이 시작되었다.

자신들 말고도 다른 부대들이 탈주자를 포위하기 위해 이
동 중이라는 추가 설명에 크루겐은 난감한 표정을 지었다. 물
론 속마음은 달랐지만.

한편 크루겐이 코린트와 대화를 나누는 사이 그레인은 동
쪽을 바라보고 있었다.

'이 느낌은…….'

익숙하면서도 낯선 감각.

전생에는 하이브리드가 된 이후 느낄 수 없게 되었다.

그러나 지금은 멀리서도 감지할 수 있는 감각.

뜨거움이었다.

그레인은 아무런 코어도 이식되지 않은 오른팔을 내려다봤
다. 나름 익숙해졌다고 생각했지만, 지금 이 순간만은 허전했다.

"아무튼 성지에 입성하기 전에 제대로 된 복식을 갖추도록
해라. 우선은 탈주자를 체포하기 위해 병력을 동원해야 하는

상황이니, 일이 끝난 뒤에 반드시 하도록."

"저희들까지 합류해야 되나요?"

"어쩔 수 없다. 이전에 보냈던 추적자들이 모두 전멸할 정도로 막강한 상대다. 하긴, 화룡의 어금니를 이식받은 이레귤러이니 그 정도 실력은 지녔겠지만."

말을 마친 코린트가 펠릭스를 바라봤다.

"펠릭스 대공 전하, 부득이하게 전하의 호위 병력을 일부 차출해야 하는 상황을 양해 부탁드립니다."

그들이 쫓는 탈주자의 정체는 맥스임이 분명해졌다.

펠릭스는 턱을 어루만지며 고려하는 '척'했고, 그사이 그레인과 크루겐이 귓속말을 주고받았다.

"그레인, 어떻게 할까?"

크루겐은 그레인에게 의견을 물어봤지만, 이미 결정을 내린 얼굴이었다. 나머지 둘에겐 굳이 물어볼 필요도 없었다.

베스티나는 주머니에 넣어놨던 수정구를 이미 꺼냈고, 펠릭스는 턱을 어루만지던 손으로 전신에 감긴 영겁의 사슬을 풀기 시작했다.

"죄송하지만 더 이상 교단을 위해 일할 수 없을 것 같습니다."

"뭐?"

그레인의 대답에 코린트는 멍하니 두 눈을 깜박거렸다.

"내가 잘못 들은 것 같은데, 방금 전 뭐라고 했나?"

코어를 이식받고 하이브리드가 된 지 어언 4년째.

드디어 맥스를 만날 수 있게 된 상황에서, 더 이상 정체를 숨길 필요는 없었다.

"다시 한번 묻겠다. 방금 전 네가 한 말이 진심인가?"

"……."

계속 이어진 침묵에 코린트는 어금니를 질끈 깨물었다.

"대공 전하, 양해를 부탁드립니다."

코린트는 턱짓으로 성당 기사단원들이 자신을 둘러싸도록 지시했다. 그의 부하들 모두 긴장한 상태에서 코린트는 품에서 황금색 팔찌를 꺼내더니 오른팔에 찼다.

파아앗!

빛이 사방으로 뿜어져 나오며 모두의 시야를 뒤덮었다.

그러나 신음은 코린트가 데리고 온 하이브리드들의 입에서 나왔을 뿐, 그레인 일행 중 고통으로 일그러진 얼굴은 한 명도 없었다.

"이, 이게 도대체… 어떻게 된 일이지?"

코린트가 찬 팔찌에서 연거푸 빛이 뿜어져 나왔지만 상황은 바뀌지 않았다.

전혀 예상외의 상황에 닥쳐서인지 부하들에게 명령을 내릴 생각도 못 했다.

"뭐긴요. 저희 모두 시련이 안 통하는 몸이다, 이겁니다."

크루겐이 씨익 웃으면서 쥐고 있던 로사리오를 머리 위로 집어 던졌다.

휙! 휙! 휙!

반대쪽 손에 들고 있던 팬텀 대거가 허공에 뜬 로사리오를 훑고 지나가기를 반복했다.

"헤헷, 진작 이렇게 하고 싶었다고!"

후드득.

공중에 뜬 상태에서 여러 조각으로 나뉜 로사리오가 땅바닥에 떨어졌다.

'이번에는 내 차례로군.'

그레인은 쓴웃음을 지으면서 왼손에 쥔 로사리오를 움켜쥐었다가 도로 힘을 뺐다.

'아… 지금은 화룡의 어금니가 아니었지.'

예전 생에는 화염의 힘으로 로사리오를 잿더미를 만들어 버렸다.

그러나 냉기의 힘으로는 단지 얼리게 만들 뿐. 교단과 맞선다는 결의를 표현하기엔 무언가 모자랐다.

"줘라."

펠릭스가 양팔을 양옆으로 내밀면서 손바닥을 펼쳤다.

그의 의도를 알아챈 그레인과 베스티나는 각자의 로사리오를 펠릭스에게 건넸다.

우두둑.

움켜쥔 주먹 사이로 로사리오가 부서지는 소리가 새어 나왔다.

펠릭스는 양손의 힘을 주었다 빼기를 반복하면서 손등이 위로 오도록 주먹을 돌렸다.

잠시 후, 펠릭스가 커다란 손바닥을 펼치자 산산조각 나버린 로사리오의 파편이 그의 발 위로 후두두 떨어졌다.

"이, 이건 도대체⋯⋯."

벌벌 떨면서 제자리에 주저앉은 코린트의 안색이 새파랗게 질렸다.

교단의 상징이 눈앞에서 박살 나는 걸 보면서도 그는 자리에서 일어설 수 없었다. 명백히 교단에 대한 적의를 드러냈음에도 감히 맞설 생각조차 못 했다.

도망쳐야 한다고 생각하면서도, 정작 몸이 말을 듣지 않았다.

"그레인."

수정구에 냉기를 응축시킨 베스티나가 그레인 쪽으로 고개를 돌렸다.

"이제부터 네가 말했던 그 지옥이 시작되는 거겠지?"

막상 지옥이라는 단어를 언급한 것치고, 베스티나의 표정은 그리 어둡지 않았다.

"네."

짧게 대답하는 그레인의 표정 역시 마찬가지였다.

*　　　　*　　　　*

휘이잉.

살을 에는 냉기가 검은 머리칼의 남자에게서 뿜어져 나왔다.

그를 중심으로 눈보라가 휘날리며 시야를 하얗게 뒤덮었다.

그가 걸음을 옮기는 방향을 따라 차갑게 얼어붙은 땅이 점점 전진했다.

"그레인……"

화르륵.

뜨거운 불길이 활활 타오르고 있는 언덕 위에 회색 머리칼의 남자가 서 있었다.

그가 지나간 자리에 남은 것은 원래의 형체를 완전히 잃어버린, 검게 탄 잿더미뿐이었다.

"맥스……"

두 회귀자는 서로의 이름을 부르면서 거리를 좁혔다.

냉기와 화염.

서로 공존할 수 없는 힘.

두 사람의 거리가 좁혀지면서, 각자 펼친 냉기와 화염의 지배가 교차했다.

뜨거운 열기가 올라오던 지면이 차갑게 식더니, 다시 끓어올랐다.

꽁꽁 얼어붙었던 땅바닥이 녹아내리더니, 다시 차가워졌다.

언덕 위에 올라선 그레인이 맥스와 얼굴을 마주하는 순간, 두 사람은 동시에 힘을 거뒀다.

"다시 만났군, 맥스."

"그래."

그레인의 시선이 자연스레 맥스의 오른팔에 머물렀다.

자신의 힘이었던 것이 다른 이에게 머문 걸 직접 보게 되자, 그레인의 얼굴에 절로 쓴웃음이 자리 잡았다.

완전히 버렸다고 생각한 미련이 아직도 가슴 깊은 곳에 남아 있다는 걸 확인했기에.

"……"

맥스는 말없이 화룡의 어금니가 이식된 오른팔을 내밀었다.

그레인은 반사적으로 팔을 내밀었지만, 오른팔이 아닌 빙룡의 어금니가 이식된 왼팔이었다.

서로 악수를 하려고 팔을 내밀었음에도 할 수 없는 묘한 상황.

결국 둘은 각자 내민 팔을 서서히 거뒀다.

"악수를 할 상황은 아니로군, 그레인."

"그러게. 저곳이 멀쩡하게 있는데, 아직 악수는 일러."

둘은 동시에 고개를 돌리더니 약속이라도 한 듯이 같은 방향을 응시했다.

지평선 너머로 보이는 성지(聖地).

교단에게는 그 어느 곳보다 거룩한 곳이지만, 결사대에게 있어서는 반드시 멸해야 하는 장소.

그러나 지금은 참아야 할 때다. 아직 만나지 못한 옛 동료들을 완전히 모으고, 힘을 갖춰서 이곳에 와야 함을 그레인과 맥스는 알고 있었다.

"그러면… 결사대에 다시 온 것을 환영한다. 99번째 대원, 그레인."

*　　　*　　　*

카르디어스 신성력 1398년 8월 7일.

하이브리드를 육성하기 위한 장소 중 하나인 벤트 섬.

교단에 의해 철저하게 봉쇄된 이곳에 전에 없던 긴장감이 감돌았다.

섬의 유일한 선착장에는 거대한 배 한 척이 정박해 있었고, 접어서 내린 돛에는 카르디어스 교단의 문양이 그려져 있었다.

배 주위에 평소의 몇 배나 되는 경비병들이 배치되었고, 수련 장소인 탑 주위 역시 마찬가지였다.

"오오… 정말로 이뤄냈군!"

탑 최상층의 모든 이가 침묵하는 가운데, 유일하게 한 명만이 기뻐하며 박수를 쳤다.

박수의 주인공이 걸친 법의에는 카르디어스 교단의 문양이 유독 화려하게 수놓아져 있었다.

"정말 수고 많았네, 쉐일."

"황송할 따름입니다, 예하."

카르디어스 교단의 수장, 교황 아르디언은 이곳에서 시행된 코어의 이식 과정을 지켜본 후 책임자인 쉐일을 칭찬했다.

예정대로라면 이번 기수의 수련생들의 수료식은 넉 달 뒤.

그러나 오늘의 실험을 위해, 수련생들은 한 달 전에 모든 과정을 조기 수료하고 섬을 떠난 상태였다.

그리고 원래는 섬에 들어오기 전에 행해져야 할 코어의 이식이 이곳에서 실시되었다. 이전보다 더욱 확실한 보안 유지를 위해서 섬인 이곳이 선택되었기 때문이다.

탑 최상층에 설치된 100개의 석판 위에 누워 있던 100명의 소년 소녀들.

그들 중 법의를 걸친 50명의 소년 소녀들은 전원 이식의 고통을 이겨내고 생존했다. 반면 로브를 걸친 나머지 인원은 모두 죽음을 맞이해야만 했다.

"자네의 공도 컸네, 이스트라."

연신 박수를 치며 감탄하던 아르디언의 시선이 쉐일에서 이스트라로 옮겨졌다.

"……."

이스트라는 고개를 숙인 채 입을 다물었다. 시야의 끄트머리에 핏자국이 들어오자 그는 고개를 더욱 아래로 숙였다.

"서로 다른 두 액체를 섞으면 이런 효과가 나타나다니, 다시 봐도 신기하군."

아르디언은 오른손에 붉은색 액체가 든 잔을, 왼손에는 푸른색 액체가 든 잔을 들어 올렸다. 그리고 탁자 위에 놓인 또 하나의 잔에 붓자, 서로 다른 두 액체의 색이 서로 뒤엉키더니 물처럼 투명하게 변해 버렸다.

"이걸 마시게만 하면, 이식이 성공할지 아닐지를 미리 알 수 있게 되었군. 정말 훌륭해."

"아닙니다, 예하. 아직 하나가 더 남아 있습니다."

쉐일은 생존한 50명의 하이브리드를 향해 오른손을 내밀었다.

50명 중 48명은 흰색의, 나머지 2명은 검은색의 법의를 입고 있었다.

"모두 양손을 앞으로 내밀도록."

쉐일의 지시에 잔뜩 겁을 먹은 아이들이 허겁지겁 양손을 내밀었다.

검은색 법의를 걸친 2명의 손에 어두운 기운이 나타났다 사라졌다를 반복했다. 반대로 나머지 48명의 손에서는 은은한 빛이 감돌았다.

"여러분, 잘 지켜보십시오."

쉐일은 황금색 팔찌를 꺼내 오른팔에 찼다.

"오오!"

"이, 이럴 수가!"

팔찌에서 빛이 뿜어 나오는 순간, 사제들의 입에서 감탄사가 쏟아져 나왔다.

괴로워하는 48명과 그렇지 않은 또 다른 2명.

"이로써 완벽해졌습니다."

쉐일은 자신만만한 표정을 지으며 사제들 쪽으로 돌아섰다.

"이제 하이브리드들을 대상으로 이레귤러인지 아닌지 정기적으로 검사할 필요가 없습니다. 왜냐하면……."

이식에 성공한 50명 중 2명의 뒤에 한 명씩 사제들이 다가갔다.

날이 선 검을 뽑아 들고서.

"이 비약을 마시게만 하면 앞으로 생겨날 이레귤러… 즉, 배신자를 보다 정확하고 확실하게 찾아낼 수 있기 때문입니다."

그의 말이 끝나기 무섭게 검은색 법의를 입은 두 명의 소년이 힘없이 쓰러졌다.

'시련'에 고통받지 않은 두 명의 검은색 법의가 피로 물들었다.

"아직 푸른색 약물의 생산이 붉은색 쪽에 비해 터무니없이 부족하지만, 곧 해결될 것입니다."

이식 과정에서 사망하지 않고 하이브리드가 될 수 있는 자들을 판별해 주는 비약인 붉은색의 액체.

그리고 하이브리드가 되었음에도 '시련'을 견뎌낼 수 있는 자들을 기존의 방식보다 편하게, 그리고 정확히 색출해 주는 또 하나의 비약인 푸른색의 액체.

이스트라와 쉐일이 오래전부터 연구해 왔지만 도중에 중단

되었고, 다시 재개된 결과가 바로 두 가지 비약이었다.

이전에 쓰던 비약은 어디까지나 이레귤러의 색출만이 가능했고, 그것도 황금색 팔찌를 사용해야 분별이 가능했다. 더욱이 코어의 이식 이후 2년이 지난 자들에게만 사용이 가능했다.

하지만 둘이 개발한 새로운 비약은 2년이라는 기다림 없이 이식하기 전에 마셔도 효과가 발휘되었다.

"그대들에게 새로운 운명을 알려주는, 이것을 앞으로 이것을 성수(聖水)라 칭하노라."

아르디언은 두 비약을 합쳐 탄생된 투명한 비약이 담긴 잔을 들어 올리며 읊었다.

"성수의 개발자, 쉐일과 이스트라는 내 앞으로 오도록."

그의 부름에 쉐일과 이스트라가 함께 걸어 나왔다.

"앞으로는 추기경이라 불러야겠군. 쉐일, 그리고 이스트라."

미소를 머금고 성공을 즐기는 쉐일.

아랫입술을 질끈 깨무는 이스트라.

두 사제의 마음속은 표정처럼 대조적이었다.

제2장

간격의 확인

　맥스와 극적으로 재회한 그레인 일행은 성지를 뒤로하고 빠르게 퇴각했다.

　도중에 몇 차례 교단의 추적자들과의 전투가 있었지만, 최상급의 코어를 이식받은 그레인과 맥스만으로도 추격을 떨쳐내기 충분했다.

　얼음과 불.

　빙룡의 어금니와 화룡의 어금니에서 각각 뿜어져 나온 힘 앞에 추적자들이 맥없이 쓰러졌다.

　결국 3일째 되는 날, 교단의 추적은 끊겼다.

　그러나 그들은 쉴 새 없이 도주를 계속했다. 도중에 지친 말을 바꿔가면서 밤낮을 가리지 않고 이동했고, 크루젠과 그레인이 번갈아가며 말고삐를 쥐었다.

그래서일까.

맥스와 다른 이들은 이동 도중 이야기를 거의 나누지 않았다.

크루젠만이 맥스와 대화를 좀 나누었고, 그것도 다른 회귀자들과 재회했을 때처럼 그동안 어떤 일이 있었는지 보고하고 확인하는 수준에 그쳤다.

5일째가 되자, 수풀에 혼자 숨어서 대기 중이던 듀란이 합류했다.

그러나 아직도 회귀한 상태가 아닌 그와 다른 이들이 특별히 나눌 이야기는 없었다.

긴장 속에서 그들의 도주는 계속 이어졌다. 짐마차의 뒤편에 앉은 그레인의 시선은 오직 한 곳, 성지가 있는 남서쪽에 고정되었다.

＊　　　＊　　　＊

카르디어스 신성력 1398년 8월 15일.

짐마차에서 내려 도보로 이동한 지 2시간째.

우거진 숲속을 헤쳐 나가던 그들의 눈앞에 한적한 마을이 모습을 드러냈다.

결사대의 아지트 중 하나로 전생에 설치된 곳과 위치는 달랐다.

겉보기에는 전생 때와 비슷하게 외딴 숲 한복판에 위치한 조용한 마을이었다.

"지난번의 그 마을과 비슷한 분위기로군."

"나도 똑같은 생각을 했어. 하긴, 애초에 아지트를 위장하는 방법은 교단이 하는 걸 보고 배운 것이니 당연한 거겠네."

차이점이라면 마을 사람들로 '위장'하고 있는 이들의 연령대가 젊은 사람들밖에 없다는 점이었다. 고른 연령층의 성직자들을 동원할 수 있는 교단과 달리, 결사대는 아무래도 한정될 수밖에 없으니까.

맥스를 따라 마을 안으로 들어간 그레인 일행에게 마을 사람으로 '변장' 중인 사내들이 다가왔다.

"어?"

크루겐은 세 명 중 두 명의 얼굴을 찬찬히 살폈다. 기억 속의 외모와 현재의 나이로 변환한 얼굴이 비슷하게 겹쳤다. 정작 두 명의 사내는 크루겐을 보고 아무런 반응을 하지 않았다.

"이번에 새로 합류하게 된 결사대원들이다. 다른 동료들에게 알리도록."

"알겠습니다."

맥스의 명을 받은 세 명의 사내가 경례를 붙이고선 재빠르게 흩어졌다.

"대장, 혹시 저 두 명… 32호하고 58호 아니야?"

"맞다."

"정말 오래간만에 보게 되네. 그런데 당연하겠지만 날 몰라 보니 좀 서운한데."

32호와 58호는 결사대가 결성된 지 얼마 지나지 않아 사망한, 회귀하기 전에 죽은 결사대원에 속했다.

당연히 아딜나나 페트로처럼 더 이상 전생 때의 기억을 공유할 수 없는 이들이었다.

"왠지 낯이 익다고 생각했는데, 나만 그런 게 아니었나 보군."

그레인 역시 크루겐처럼 두 사내의 코드네임을 쉽게 떠올릴 수 있었다.

회귀 직전까지 살아남은 동료가 아닌, 그보다 일찍 사망한 자들이었기에 전생의 외모와 크게 차이가 안 났기 때문이다.

"네가 보여줬던 기억 속에 있던 사람이 맞았군."

"잉? 내가 저 녀석들에 대해 이야기했던 적이 있었나?"

갑자기 듀란이 대화에 끼어들자 크루겐은 영문을 모르겠다는 얼굴로 고개를 갸웃거렸다.

"말이 아니라 직접 보여줬지."

듀란은 오른손 검지로 자신의 머리를 툭툭 건드렸다.

"아, 내가 악몽으로 보여주긴 했지. 그런데 그걸 일일이 다

기억하고 있어?"

"한 번 보고 지나간 거라면 쉽게 잊었을 거다. 그런데 그 악
몽이 계속 이어지더군. 정말로 '악몽'이라는 이름에 걸맞았다."

"그래?"

듀란은 크루겐의 기술, '악몽'으로 전생의 기억을 억지로 주
입받은 이후의 사흘 밤낮을 지독한 악몽에 시달려야 했다.

결사대의 시작과 몰락으로 이어지는 암울한 전개에 괴로워
했던 듀란의 사정을 다 들은 크루겐이 팔짱을 끼고선 고개를
끄덕거렸다.

"어쩐지… 그때 그놈이 악몽을 보여준 이후에도 나에게 애
걸복걸했던 이유가 그거였구나. 난 그 녀석 하나만 그런 줄
알았는데."

아딜나와 재회했을 당시 그녀를 습격했던 자들 중 유일한
포로에게 크루겐이 악몽을 보여줬던 적이 있었다. 당시 그 포
로는 다음 날에도, 그다음 날에도 자다가 깨서 크루겐에게 눈
물로 한탄했던 것이다.

"하지만 그걸 또 책에 일일이 기록한 듀란, 너도 참 독해."

크루겐은 듀란이 허리에 차고 있는 두꺼운 책을 가리키며
혀를 찼다.

"네가 보여준 기억 속의, 또 하나의 나라면 기록했을 거라
여기고 따라 한 것뿐이다."

"하긴."

"그리고 책은 이거 하나만이 아니다. 만약 내가 회귀해서 너희들이 현생이라고 말하는 지금까지 겪은 걸 잊어버릴 경우를 대비해야 하니. 그래서 흡혈귀의 코어로 얻은 능력의 사용법도 기록 중이다."

듀란은 아까 것보단 좀 더 작은 책을 품에서 꺼냈다.

"그것까지? 그런데 예전의 너는 이렇게 자신의 성과를 과시하는 타입은 아니었는데… 뭐, 회귀하면 원래대로 돌아가겠지."

"빨리 그날이 오길 바라고 있다. 솔직히 답답한 면이 없지는 않거든."

"그때가 되면 네가 나에게 한 짓을 좀 따져야겠어. 하마터면 회귀한 지 얼마 안 되어서 훅 갈 뻔했잖아."

"그건… 미안하다."

"됐어, 다음부터 안 그러면 되니까."

'듀란에게도 저런 부분이 있었나?'

크루겐 특유의 친화력 덕분일까.

사무적인 태도를 주로 보여줬던 전생과 다른, 현재의 듀란은 그레인에게도 이색적이었다.

'아니, 단지 내가 몰랐던 거겠지.'

전생의 그레인은 아딜나를 제외한 다른 결사대원들과 교류가 그리 많지 않았다.

오죽하면 앙숙 사이였던 스코트가 그나마 이야기를 많이 나눈 상대였다. 현생에서 가장 오랫동안 같이 지낸 크루겐조

차도, 전생에선 일개 동료에 불과했다.

'그런 주제에 베스티나에겐 친구가 없냐고 물어봤었지. 남 말할 처지가 아니었는데도 말이야.'

그레인은 베스티나 쪽으로 고개를 돌렸다.

펠릭스와 베스티나는 자신들이 끼어들 수 없는 화제를 그저 듣고만 있었다. 게다가 베스티나는 맥스라는 사람 자체에 대해 긴장하는 느낌이었다.

"맥스, 그렇다면 회귀할 수 없었던 동료들도 모은 거야? 아까 그 두 명 말고 또 있고?"

"그렇다. 회귀한 30명이 아닌, 나머지 70명에 해당하는 옛 동료들이다."

"몇 명 정도 모았는데?"

"대략 20명 정도다. 시련이 통하지 않는 육체라는 걸 들키고 도주 중이던 이들도 있고, 그 전에 찾아낸 자들도 있다."

"널 대하는 태도를 보아하니, 전생의 일을 알리지 않았나 보지?"

"그건……."

맥스는 대답을 망설이더니, 멀리서 마을 주민을 연기하고 있는 이들을 주시했다.

"처음에는 알렸고, 시간이 오래 흐르더라도 결국에는 이해하기를 바랐다."

다행히 델리아는 맥스가 말했던 전생의 이야기를 받아들어주었다.

하지만 모두가 그의 의도대로 반응하진 않았다.

"굳이 답은 필요 없겠네."

말을 마친 다음, 맥스가 지은 표정만으로도 이후의 결과를 대충 예상할 수 있었다.

"확실히 그냥 말로만 들으면 믿기 힘든 내용일 테니까. 정 힘들면 내가 듀란에게 했던 방식으로⋯ 하기엔 여러모로 곤란하겠고."

크루겐의 기술, 악몽은 애초에 상대를 고통에 빠뜨려 행동 불능으로 만드는 게 목적이지, 기억을 억지로 주입하는 건 아니다.

게다가 듀란이니까 악몽을 끝까지 버텨낸 것이다. 크루겐이 처음 악몽을 사용했던 상대는 거의 반쯤 미치다시피 한 상태로 감옥에 끌려갔다.

"그나저나 12호, 너는 확실히 예전과 달라졌군."

"이렇게 말을 많이 하는 타입은 아니었으니까. 전생에 너와 내가 나눈 이야기보다 지금 한 이야기가 더 많은 것 같은데, 나만의 착각은 아니겠지?"

크루겐은 넉살 좋게 웃으며 상대도 같은 표정으로 대해주길 기대했다.

그러나 맥스의 표정에는 아무런 변화도 없었다.

＊　　　　　＊　　　　＊

　아지트 정중앙에 위치한 성당으로 들어간 그레인 일행은
지하로 내려가는 비밀 통로 안으로 들어갔다.

　"그러면 그레인, 나중에 보자."

　지하 1층에 도착한 일행 중 그레인 혼자만 한 층 더 아래로
내려갔다.

　맥스가 그레인과 단둘이 이야기할 것이 있다며 자신의 방
에서 기다려 달라고 말했기 때문이다.

　저벅저벅.

　벽에 걸린 횃불들을 지나치는 그레인의 발소리가 좁은 통
로 안에 울려 퍼졌다.

　통로의 끝에 도착한 그레인을 맞이한 사람은 얼굴을 가로
지르는 긴 흉터의 청년이었다.

　그는 허리에 찬 검을 뽑으려다가 그레인의 얼굴을 확인하고
관두었다.

　"99호, 맞지?"

　"너는… 그래, 43호로군."

　결사대의 43번째 대원, 파르티온.

　전면에 나서기보단 맥스의 경호원 역할을 주로 맡았던 전생
의 모습이 그레인의 뇌리에서 되살아났다.

　파르티온은 옆으로 비켜서더니 팔짱을 끼고서 벽에 등을

기댔다.

그레인은 파르티온과 시선을 한 번 주고받았을 뿐, 더 이상의 대화 없이 문을 열고 안으로 들어갔다.

"왔어?"

책상 위에 걸터앉아 있던 여성이 그레인을 향해 환하게 미소 지었다.

"어머, 너는……."

그러나 머리카락의 색만으로도 그녀가 원하는 남자가 아니라는 걸 알고 재빨리 미소를 거뒀다.

"99호다."

"99호? 아, 그레인? 이제 도착했어?"

"너는… 78호로군."

전생에 맥스의 연인이었던 렌을 그레인은 단번에 알아봤다.

결사대 안에서 항상 맥스의 옆에 붙어 다녔던 그녀를 못 알아보는 것이 더 힘들 정도였다. 결사대 내에 수가 적었던 여자 중 한 명이라는 점도 컸지만.

20대 중반의 나이인 렌의 외모는 회귀 직전과 크게 다르지 않았다.

40대였던 그녀의 눈과 입 주변에 있었던 잔주름은 지금 없었지만, 오히려 그 덕분에 그녀 특유의 요염한 분위기가 더욱 짙어졌다.

"차가운 인상은 여전하네. 실제로 차갑게 느껴지기도 하고."

렌의 시선이 잠시 그레인의 오른팔에 머물렀다가, 왼팔로 옮겨갔다.

"너에게는 솔직히 화염의 힘은 어색했어. 지금이 더 잘 어울려."

"글쎄."

애매모호하게 대답하는 그레인의 눈매가 날카롭게 변했다.

자신의 소질을 남에게 멋대로 재단당하는 기분은 그다지 썩 좋진 않았다.

"78호, 너 역시 예전과 다른 코어를 이식받은 건가?"

예전의 딱딱한 말투로 돌아간 그레인이 렌의 왼쪽 눈을 주시했다.

전생 때 그녀에게 이식되었던 뇌룡(雷龍)의 눈동자는 더 이상 보이지 않았다.

"아니, 나는 더 이상 하이브리드가 아니야. 이전과는 다른 선택을 했지."

"그런가?"

옛 동료가 근본부터 다른 선택을 했음에도 그레인의 반응은 무덤덤했다.

원래 그리 친한 사이도 아니었고, 회귀 이후 시간이 더 흘러서인지 결사대원이라는 공통점을 제외하면 남이나 마찬가지로 느껴졌다.

"그런데 너 혼자만 왔어? 다른 동료들도 같이 온다고 들었는데, 그… 누구였지?"

"12호하고 30호, 그리고 이번 생에 새로 만난 두 명과 함께."

"12호? 30호는 듀란이라는 건 알겠는데, 누구야?"

"크루겐이 들으면 슬퍼하겠군."

"크루겐? 크루겐이라면… 아, 그 존재감이라곤 찾아볼 수 없었던 음침한 녀석 이야기하는 거야? 용케도 지금까지 잘 살아남았네."

입꼬리의 한쪽이 휙 올라간 렌이 지은 미소에 그레인은 눈을 찡그렸다.

전생에는 그다지 주목받지 못했던 크루겐을 명백히 깔보는 눈빛이었다.

반대로 렌은 대장인 맥스의 두 번째 연인이었고, 항상 그와 붙어 다니면서 주목받은 입장이었다.

"하지만 지금은 전생과는 딴판이라는 이야기를 들었어. 듀란의 설득에도 큰 도움이 되었다고 전달받았고. 맥스 말로는 회귀 이후 가장 크게 바뀐 대원이라나 뭐라나……."

그러나 그녀의 눈빛은 곧바로 질투로 바뀌었다.

'기억났어. 78호는 원래 이런 성격이었지.'

대부분 감정 변화의 폭이 좁았던 결사대원 중에서 유독 감정 표현이 확실했던 여성이었다.

그리고 그 점은 맥스와의 관계에서 가장 명확하게 드러났다. 의견 차이로 격렬하게 싸우는 한편, 언제 싸웠냐는 듯 맥스의 옆에서 애교를 부리기도 했었다. 전생의 그레인과 아딜나의 사이가 연인임에도 조용했던 것과 대조적이었다.

어떻게 보면 렌이 가장 인간답다고도 볼 수 있었지만.

"참, 잘난 왕자님의 형도 같이 왔다면서. 아, 지금은 왕이라고 했지?"

"펠릭스 대공은 애초에 회귀자가 아니다."

"알아, 빙룡의 눈동자를 이식받은 애도 마찬가지라며? 그런데 실수로 한 명 빠뜨리고 온 거 아냐?"

"……."

렌이 누구를 지칭하는지 알아챈 그레인의 표정이 살짝 굳었지만, 이내 원래대로 돌아갔다.

"아딜나는 회귀자도 아니고, 하이브리드도 아니다. 결사대에 데리고 올 이유는 없다."

"42호는 너와 연인 사이였잖아? 맥스는 델리아를 데리고 왔던데. 전생에 대한 것도 다 이야기했어."

'델리아를?'

맥스의 첫 번째 연인이자, 결사대가 결성되기 전 사망한 비운의 하이브리드.

직접 본 적은 전생에도 현생에도 한 번도 없었지만, 그녀의 이름만은 그레인도 기억해 냈다.

"너, 정말로 맥스와 정반대의 선택을 했구나."

렌은 신기하다는 눈으로 그레인을 물끄러미 바라봤다.

"같은 남자인데도 선택의 방향이 이렇게나 다를 줄은 몰랐어. 나는 너도 맥스처럼……."

"기다리게 해서 미안하군."

"왔구나!"

탁자 위에서 내려온 렌이 맥스를 향해 달려갔다.

"자리를 비켜줬으면 좋겠군."

맥스는 오른팔을 내밀며 렌을 멈춰 세웠다.

"칫, 오랜만에 만나자마자 하는 소리가 그거야?"

"중요한 이야기이니 그레인과 단둘이 이야기해야 해."

렌은 불만 가득한 얼굴로 맥스를 노려봤지만 결국 순순히 밖으로 나갔다.

맥스는 책상 안쪽의 의자에 앉았고, 그레인은 반대편에 의자를 놓고 앉았다.

"본의 아니게 고생시킨 것 같군."

"원래 저런 성격이라는 걸 기억해 내고 나니 딱히 화는 안 났다."

화가 날 만한 짓을 했다고 돌려 말한 그레인에게 맥스가 쓴웃음을 지었다.

"그것보단 오래간만에 옛 동료들을 한꺼번에 보게 되니 머리가 지끈거려."

그레인은 오른손의 검지와 엄지로 양쪽 관자놀이를 꾹꾹 눌렀다.

잠들어 있던 기억을 하나하나 억지로 깨운 탓에 생각할 거리가 너무 많아졌기 때문이다.

"서면으로 이미 통보받았지만, 회귀 이후 어떻게 지냈는지 직접 이야기를 들어보고 싶군."

"나 혼자에 대해서? 아니면 같이 온 이들에 대해서도?"

"가급적 모두 포함해서."

그레인은 길게 심호흡을 한 뒤 물 컵을 기울이며 목을 축였다.

＊　　　＊　　　＊

그레인의 이야기는 부잣집 아들이었던 어린 시절이 회귀로 인해 뒤틀렸다는 것부터 시작되었다.

전생에는 접점이 거의 없었지만, 지금은 누구보다도 든직한 동료가 된 크루겐과의 만남.

회귀 전에는 한 번도 본 적이 없었던, 현재는 새로운 인연으로 이어진 에르닌, 베스티나, 펠릭스와의 일화.

그리고 전생의 그레인은 잘 알지 못했던, 교단의 네 남자들에 대한 이야기까지.

맥스는 고개를 끄덕이며 탁자·위에 놓인 문서에 'O' 표시를 이어나갔다.

"네가 새로 끌어들인 두 명, 믿을 수 있다고 확신하나?"

맥스가 특히 주목한 부분은, 회귀자가 아닌 베스티나와 펠릭스에 대해서였다.

현생에서 새롭게 만난 이들에 대한 신뢰를 검증받아야 하는 상황이 오자 그레인은 말라붙은 아랫입술을 손끝으로 훑었다.

"베스티나 쪽이 불안하긴 하지만, 현 시점에선 둘 다 믿을 수 있을 거다. 특히 펠릭스는 동생 이상으로 교단에 대한 증오가 넘쳐나니 걱정할 필요는 없다."

"교단에 대한 증오라. 그것이야말로 결사대의 일원이 되기 위해서 반드시 필요한 요소지."

맥스의 뇌리에, 전생에 일찍 세상을 떠났던 델리아의 마지막 모습이 떠올랐다가 사라졌다.

"알았다. 그 두 명에 대해서는 너의 판단을 믿겠다. 그나저나 교단의 테두리 안에서 4년씩이나 버틴 게 참 대단하군. 나는 그러지 못했으니까."

"최대한 많은 동료와 교단 안에서 접촉한 뒤에 나가려고 했다. 회귀 후에도 다시 하이브리드가 된 자들 중 계속 교단에 남아 있는 이들이라면 나와 목적이 같다고 판단했기 때문이다."

"무슨 의미지?"

"너처럼 하이브리드의 힘만 얻고 교단을 나가는 선택을 할 수도 있는 이들이었다. 그럼에도 남아 있었다는 건 두 가지 이유 때문이지. 첫 번째는 이전과 다른 코어를 이식받아서 적응할 때까진 위험을 피하자는 것. 두 번째는 교단을 떠나 뿔뿔이 흩어져 있는 것보단 교단이라는 테두리 안에 있어야 다시 만나기 용이하다는 점이랄까?"

"그렇군."

서로 다른 선택을 한 결과, 그레인은 '회귀한' 옛 동료들을 주로 만나게 되었다.

반면에 맥스가 끌어들인 동료의 대부분은 회귀할 수 없는 이들이었다.

"나는 진실을 모르는 이들에게 진실을 알리지 않고 끌어들이는 선택을 했다."

피투성이가 되어 자신의 앞에서 천천히 쓰러졌던 고든을 떠올리며 맥스는 눈을 감았다.

절대 죽이고 싶지 않았던 옛 동료이자 스승.

반드시 살려서 전생에 이루지 못했던 목적과 함께 같이 가야만 했던 존재.

그러나 현생에는 자신의 손으로 직접 죽일 수밖에 없었다.

"그것이 벤트 섬을 탈주한 이후, 내가 선택한 방식이다."

"진실을 숨기고서?"

"진실이 반드시 모두를 행복하게 만들지는 않는다. 나는 저들에게 은인으로 남아 있으면 된다. 왜냐하면……."

대장이라는 지위에 있던 맥스의 입장상, 옛 결사대였던 이들을 가능하면 많이 끌어들여야 했다.

그러나 그들은 기억하지 못하는 전생의 이야기를 일일이 들려주고 설득하며 근거를 찾아내기엔 너무 많은 시간과 노력이 필요했다. 그리고 설득에 반드시 성공한다는 보장도 없었다.

결국 맥스는 회귀하지 못한 이들에게는 과거의 진실을 감추기로 결심했다.

단 한 명, 델리아를 제외하고.

'뭔가 묘하군.'

그레인은 회귀 전의 기억이 없는 아딜나를 결사대와 연관되지 않기 위해 과거를 숨겼다.

맥스는 전생의 진실을 숨겨가면서 전생의 기억을 잃어버린 이들을 모으는 중이었다.

같은 방식을 택했지만 목적은 서로 달랐다.

오래간만에 만난 눈앞의 동료에게서 느껴지는 거리감은 그레인의 예상보다 더 컸다.

"케이오르를 만났다고 했지?"

"……!"

맥스의 물음에 그레인이 마른침을 삼켰다.

전생에는 단 한 번도 없었지만, 현생에는 결사대가 재결성되기도 전에 해야 했던 동료의 처단.

아주 미세한 경련이 그레인의 왼팔을 훑고 지나갔다.

"회귀하기 전, 내가 했던 말을 기억하나?"

"기억한다."

"인간은 쉽게 변하지 않는다."

"만약 변했다면, 그만큼의 무언가를 겪었다는 반증이다. 그것을 잊지 않는다면, 우리들의 다음 생은 이번처럼 실패로 끝나지는 않을 것이다."

"그런 의미에서 난 결사대원들이 변하지 않길 바랐다. 그러나 또 다른 의미로는 변하길 바랐지."

회귀 후 벤트 섬에서 다시 만난 케이오르는 아쉽게도 맥스의 기대와 어긋나 있었다.

"케이오르는 변하지 않았다. 전자가 아닌 후자의 기대에 어긋나게."

그레인을 바라보는 맥스의 눈빛에 비난은 조금도 담겨 있지 않았다.

"반면 크루겐은 확실히 변했더군. 후자의 의미로 아주 충실하게."

맥스는 팔짱을 끼고서 고개를 끄덕거렸다.

크루겐이 긍정적으로 변할 수 있었던 이유를 그레인이라고 확신하는 눈빛이었다.

"그레인, 너도 느꼈을지 모르지만 회귀 전의 결사대에는 여러 문제가 산재해 있었다. 근본적으로 뜯어고치지 않는 이상 해결할 수 없는 문제였지. 회귀라는 변수로 결사대는 자연스럽게 해체되었지만, 나는 그것만으로 만족할 수 없었다. 이번 생에 새롭게 결성될 결사대는 전생의 결사대와는 달라져야 하기 때문이다."

더 나은 결사대가 되기 위해선 개개인의 노력과 시간의 흐름에만 의존할 수는 없다.

되지 않는다면, 되도록 강제로 이끌어야 한다.

결사대원 모두를 평등하기 이끌려고 했던 과거의 노력은 지금의 맥스에게는 더 이상 필요하지 않았다.

"우선은 절대 나를 배신할 수 없는 자들과……."

맥스의 뇌리에 렌과 파르티온의 얼굴이 떠올랐다.

"그리고 내가 절대 배신해서는 안 되는 이와……."

전생의 델리아가 맞이해야 했던 비극적인 결말 위에 맥스와 극적으로 재회한 현생의 모습이 덧씌워졌다.

"알아서 다시 날 찾아올 동료들을 포함하되……."

아직 회귀하지 않았음에도 회귀를 받아들이고 맥스를 찾아온 듀란.

전생과는 확 달라져서 돌아온 크루겐.

그 크루겐과 함께 새로운 결사대원이 될 자들을 2명이나 데리고 온 그레인.

"포기하거나 버려야 하는 이들을 미련 없이 제외한, 결사대가 되어야 한다."

전생의 배신자였던 100번째 결사대원 솔리킨.

개인적인 감정에 충실한 탓에 결사대와 적으로 돌아섰던 18호, 나이트로.

맥스와 같이 탈주했지만, 맥스가 끝까지 붙들지 않았던 14호, 케이오르.

회귀자임에도 하이브리드가 되지 않고, 교단과의 투쟁을 포기한 콜런과 니카 부부.

재회와 기다림, 그리고 포기와 제거라는 네 가지 선택지의 반복을 마친 맥스가 감았던 눈을 떴다.

"그래서 고든을 죽일 수밖에 없었나?"

고든이라는 이름이 언급되는 순간, 탁자 위에 올려놓은 맥스의 왼손이 꿈틀거렸다.

"그렇다."

"이번 생의 고든은 배신을 택했나?"

"그건 아니다. 차라리 그랬다면 그의 가슴에 검을 꽂아 넣었을 때의 내 마음도 편했겠지."

탁자 아래로 내린 맥스의 오른팔에서 뜨거운 기운이 솟아올랐다가 이내 가라앉았다.

"고든은 듀란처럼 아직 회귀하지 않은 상태였다. 그가 회귀하기를 기다렸지만, 나에게 남은 시간은 그리 많지 않았다."

맥스의 의지와 상관없이 그의 오른팔에서 작은 불길이 피어올랐다.

"탈주를 감행한 그날, 나는 다른 교관들을 쓰러뜨리는 와중에도 고든만은 내 앞을 가로막지 않기를 바랐다."

맥스는 왼손으로 오른팔을 강하게 움켜쥐었다.

선착장의 배를 앞두고 고든과 맞서야 했던 그때처럼.

"하지만 새롭게 변한 운명은 날 항상 시험대로 몰아붙이더
군. 날 막은 고든을 향해 난 외쳤다. 제발 날 기억해 내달라
고. 현생이 아닌 전생의 기억을 떠올려 달라고."

맥스의 불길이 서서히 잦아들었다.

하지만 당시 그의 오른팔에 머물었던 불길은 가라앉지 못
했다.

"결국 나는……."

        *   *   *

비극으로 끝나야만 했던 고든과의 인연을 고백한 맥스.

아직도 떨쳐내지 못한 죄책감에 맥스는 고개를 푹 숙이고
있었다.

'하아, 결국 그런 식으로 끝났던 거였나.'

그레인은 예상은 했지만, 예상과 맞지 않기를 바랐다.

듀란의 경우처럼 사실은 고든이 살아 있기를 바랐고, 그게
아니라면 차라리 고든이 배신을 해서 처단당한 거라고 맥스
가 말해주기를 기대했다.

기다긴 침묵이 이어지는 와중에 그레인은 갈증을 느끼고

물 컵에 손을 가져갔다.

그러나 지금의 맥스를 보고 있으니 목을 축이는 것조차 힘들었다.

"맥스."

"……."

"맥스, 이야기는 끝난 건가?"

"아니, 본론은 이제부터다."

마음을 추스른 맥스가 천천히 고개를 들어 올렸다.

지난날의 과오를 잊어버려서는 안 된다. 그렇다고 그 과오에 계속 얽매여 있을 수만은 없다.

그렇게 스스로를 설득하면서 맥스는 문서를 집어 들었다.

"그레인, 너에게 새로운 임무를 맡기겠다."

"임무?"

'임무라…….'

오래간만에 맞이하는, 무게감이 느껴지는 단어.

그레인은 정말로 결사대로 돌아왔음을 실감했다.

"나는 주로 회귀할 수 없는 결사대원들을 주로 모았지만, 너는 나와 달리 회귀자들을 잘 설득했다고 들었다. 그래서 특별히 너에게 맡기겠다. 이번 임무는 네가 다시 결사대에 오기 전에 했던 일의 연장선이라고 볼 수 있다."

"설득할 상대는 누구지?"

맥스는 들고 있던 문서를 탁자 위에 내려놨다.

아직 만나지 못한 회귀자들의 목록이 코드네임과 함께 적혀 있었다.

이름 위에 그려진 동그라미. 혹은 사선의 반복 속에서 맥스의 눈동자가 좌에서 우로 움직였다. 회귀자들의 목록을 훑던 맥스의 검지가 아직 어떤 표시도 되어 있지 않은 이름 아래 멈췄다.

"79호, 드레이크다. 다른 결사대원 2명과 함께 있다더군."

"드레이크?"

하이브리드가 되자마자 해적에 잡혀갔고, 나중에는 해적단을 이끌고 결사대에 참가했던 특이한 동료.

"전생과 마찬가지로 해적이긴 한데, 이전과 좀 달라졌더군."

드레이크는 특이하게도 맥스가 원했던 방향으로도, 원하지 않은 방향으로도 변하지 않았다.

전혀 예상 못 한 제3의 선택지인, '드레이크'답게 변했다.

"해적 잡는 해적으로."

이야기하는 내내 굳은 표정이었던 맥스의 입꼬리가 살짝 치켜 올라갔다.

*　　　　*　　　　*

대륙 남부에 자리 잡은 망망대해.

수평선 근처 작은 섬이 보이는 해역 한가운데에서 세 척의 배가 서로 근접해 있었다.

한 척은 갑자기 나타난 해적에 의해 약탈당하던 상선.

다른 한 척은 상선을 털어가려고 했던 해적선.

나머지 한 척은 해적선을 털기 위해 온 또 다른 '해적'의 배였다.

"오오, 탁월한 선택입니다! 정말 감사드립니다."

해적만을 전문으로 터는, 해적 잡는 해적단 '크라켄'의 제독인 드레이크는 상선의 선장에게 고개를 조아리며 손바닥을 비볐다.

20대 중반인 그의 복장은 겉모습만 보더라도 해적, 그것도 제독이라는 걸 알 수 있었다.

그런데 해적들을 털 때의 용맹한 모습과는 어울리지 않게, 지금의 언행은 거친 바다 사나이들을 이끄는 남자치고는 무언가 경망스러웠다.

"그런데 정말로 저희들을 항구까지 호위해 주시는 겁니까?"

상선의 선장, 커트슨은 의심쩍어하는 태도로 크라켄 해적단의 깃발을 올려다봤다.

"물론입니다요! 5년에 걸친 시간 동안 쌓아온 저희 크라켄 해적단의 신용을 의심치 마십시오."

"해적단이 신용이라는 말을 꺼내니 좀⋯⋯."

"에이, 저희들이 맘만 먹었다면 그냥 여기의 화물을 다 털어 갔을 거라는 생각은 못 하시나요?"

"그, 그것도 그렇군요, 흠흠."

괜한 말을 꺼냈다가 본전도 못 찾을 뻔했던 커트슨이 당황하며 헛기침을 했다.

"솔직히 믿기 힘들죠?"

"그렇기야 합니다만."

"별거 아니에요. 그냥 남들에게 미움받지 않으려고요."

"네? 정말로 그런 이유입니까?"

"미움받는 것보단 훨씬 좋잖아요? 예전 경험입니다만, 한 번 미움받고 나니 나중의 일이 상당히 꼬였거든요. 어차피 다른 해적들이야 미움받는 입장이니 해적질을 할 바엔 저놈들 상대로 하자, 가 저희 해적단의 모토입니다."

크라켄 해적단.

해적들만 터는 해적이라는 점만으로도 독특했지만, 약탈당하던 상선들을 구해준 뒤의 행보는 더욱 특이했다. 크라켄 해적단은 상선들이 싣고 있던 화물의 20%를 구해준 대가로 받는 대신, 목적지까지 무사히 호위까지 해줬다.

만약 해적을 만나기 전에 그런 제안을 받았다면 쓸데없는 낭비라며 거절했겠지만, 해적에게 한 번 털린 이후라면 이야기는 달라진다.

실제로 크라켄 해적단에게 구조받은 상선들 중 몇 척은 대가를 지불하지 않고 홀로 떠났다가 다른 해적단에 다시 털린 경우가 종종 있었다.

"꺄아악!"

갑자기 들린 비명에 상선 위의 모든 이가 한 곳을 바라봤다.

"젠장, 하필이면 크라켄 놈들에게 걸리다니……."

상선을 털려다가 반대로 털린 해적단의 부두목, 체르노는 소녀 한 명을 붙들고선 부러진 단검을 그녀의 목에 들이밀었다.

"물러서! 물러서라고! 다가오면 죽여 버릴 거야!"

"어이쿠, 그러세요?"

드레이크는 귓구멍을 파더니 손가락 끝에 묻은 귀지를 훅 불어 날렸다.

더욱 흥분한 체르노는 뒷걸음질을 치면서 선수 쪽으로 이동했다.

"세, 셋을 셀 때까지 물러나지 않으면 이 애새끼의 목숨은 없어!"

체르노의 으름장에 상선의 선원들은 모두 기겁을 하고 물러났다. 그러나 드레이크가 데리고 온 부하들은 모두 제자리를 지켰다.

"하나!"

"흑흑… 살려주세요."

"시끄러! 두, 둘!"

체르노와 다른 이들의 거리는 기묘하게 변했다.

상선의 선원들과는 더 멀리, 드레이크의 부하들과는 더욱 가까이.

단검을 쥔 체르노의 손이 부들부들 떨렸다.

"세……."

"셋."

"어?"

그러나 막상 셋을 부른 이는 협박 중이던 체르노가 아니라 드레이크였다.

"뭐, 뭐야? 네가 왜 나 대신……."

좌악!

바닷물이 갈라지는 소리와 함께 해수면 아래에서 무언가가 솟아올랐다.

"으아아악!"

돛대보다 훨씬 두껍고, 엄청나게 긴 촉수가 해적을 휘감았다.

"그러면 저놈을 어떻게 처리할… 어?"

텀벙!

인질로 붙잡혔던 소녀가 놀란 나머지 바닷속으로 빠져 버렸다. 드레이크 왼편에 서 있던, 크라켄 해적단의 부제독인 레이나가 한숨을 내쉬며 고개를 가로저었다.

"에휴, 네가 하는 일이 매번 그렇지."

"레이나, 부탁해!"

"알았어!"

레이나가 샌들을 벗더니 바다를 향해 다이빙했다.

바닷물에 닿는 순간, 상체는 인간의 모습 그대로였지만 하체는 어류인 세이렌(Seiren)으로 변한 레이나가 깊숙이 잠수했다.

잠시 후, 소녀를 건져 올린 레이나가 밧줄을 타고 배 위로 올라왔다.

"휴우, 이 능력은 다 좋은데 치마밖에 입을 수가 없어서 매번 곤란하네."

다시 인간으로 돌아간 레이나가 깊게 슬릿이 파인 스커트를 움켜쥐며 물기를 짜냈다.

그러나 다른 이들의 시선은 아직까지도 체르노를 휘감아 올린 거대한 촉수에 쏠려 있었다.

"저, 저건 뭡니까?"

커트슨이 경련하는 손으로 촉수를 가리켰다.

드레이크는 아무 일도 아니라는 듯 왼팔에 달린 갈고리 끝을 손가락으로 가볍게 튕겼다.

"제 반려동물이죠."

제3장
밖과 안의 차이

카르디어스 신성력 1398년 8월 17일.

"…그렇기에 앞서 말한 대로 협조를 부탁드립니다, 펠릭스 대공 전하."

그레인 일행이 결사대의 비밀 아지트에 도착한 지 3일째 되는 날.

그레인과 크루겐, 그리고 펠릭스를 자신의 방으로 부른 맥스는 펠릭스를 앞에 두고 고개를 숙여 부탁했다.

"흐음……."

"당장 결정하기 힘들다면 생각할 시간을 더 드리겠습니다."

전생의 결사대에서는 결사대에 들어오기 전의 신분은 모두 무시하고 평등하게 대했다.

그러나 이는 어디까지나 전생의 정책.

아직 완성되는 도중이긴 하지만, 신생 결사대는 이전과는 달라졌다. 대공이라는 입장을 고려한 맥스의 태도 자체가 그 증거였다.

"어떻게 하면 되지?"

펠릭스 역시 대공의 신분으로서 맥스를 하대했다.

"전하께서 이식받은 코어는 두 가지, 트롤 왕의 살점과 오우거 군주의 뼈라고 알고 있습니다."

펠릭스는 시선을 아래로 내리더니 자신의 양팔을 번갈아가며 쳐다봤다.

보통의 인간이라 보기 힘든, 거대한 덩치에서도 유독 두드러진 양쪽 팔.

그 안에 오우거 군주의 뼈가 이식되었고, 그 뼈를 트롤 왕의 살점이 둘러싸고 있는 구조였다.

"우선, 이식받은 뼈와 살점의 일부가 필요합니다. 그 외 혈액과……."

"알았다. 지금 당장 실시해도 상관없다. 어디로 가면 되나?"

조금의 망설임도 없이 대답한 펠릭스가 출구 쪽으로 몸을 돌렸다.

맥스 뒤에 서 있던 43호, 파르티온이 펠릭스와 함께 지상으로 향하는 계단을 올라갔다.

"스코트의 형이라 생각해서 까다로울 줄 알았는데, 아니었군."

맥스는 문 쪽을 바라보며 왼손으로 턱을 괴었다.

"내가 누누이 말했잖아? 전하라면 기꺼이 받아들일 거라고. 겉보기와 달리 그렇게 까다로운 사람은 아니거든."

"우리들이 그를 믿는 것과 그가 우리들을 믿는 건 별개의 문제이니까."

원래는 그레인 일행에게 내린 임무가 완수된 후 부탁하려고 했었다. 이제 막 결사대에 들어온 이에게, 신체의 일부를 제공해 달라는 이야기를 섣불리 꺼내기는 힘들기 때문이다.

그러나 전생에는 결사대나 교단이나, 시도조차 못 해본 코어의 추가 이식의 성공 사례를 눈앞에 두고 계속 망설이기엔 무리였다.

"덕분에 앞으로의 연구가 훨씬 용이해지겠어. 이전까지는 교단에 뒤처진다는 생각에 초조했는데, 이젠 한숨 돌릴 수 있게 되었다."

전생 때와 마찬가지로, 결사대는 교단과 비교해 하이브리드의 숫자만으로도 절대적인 열세에 처해 있다.

그것을 극복하기 위한 첫 번째 수단이 바로 코어의 추가 이식.

전생에는 전례가 없었지만, 지금은 다르다. 새롭게 결사대에 가입한 펠릭스가 훌륭한 성공 사례다.

"너희들도 알다시피 교단은 코어의 교체에 성공했다. 전생보다 하이브리드에 대한 기술력이 상승했다는 이야기다."

맥스의 시선이 그레인의 왼팔에 잠시 머물렀다.

"그러니 우리 역시 안주하면 안 된다. 지난번 너희들이 보내줬던 그 연구 문서를 토대로 코어의 추가 이식에 도전해 보려고 한다."

어쩌면 새로운 결사대원이 되었을지도 모르는 이들.

회귀자임에도 결사대원들과 만나지 못하고 실험체로 죽어 버린 17호, 헬키아.

그들의 죽음으로 만들어진 하이브리드에 대한 연구 문서를 맥스는 최대한 활용하기로 결심했다.

"그러기 위해선 추가 이식용으로 새로운 코어들을 손에 넣어야 한다."

전생의 결사대에선 코어가 발견되는 족족 숨기거나, 피치 못할 경우 파괴해 버렸다.

그러나 현생에서는 다르다. 펠릭스처럼 성공할 수만 있다면, 결사대를 더 강하게 만들 수 있는 코어를 하나라도 더 손에 넣어야 한다.

"최대한 빨리 드레이크를 만나되, 코어의 회수에도 신경 써 주도록."

맥스는 한 장의 지도를 꺼내 탁자 위에 펼쳤다.

드레이크가 이끄는 해적단의 본거지로 보이는 섬이 지도 하단에 표시되어 있었다. 맥스는 손가락으로 현재 아지트가 있는 위치를 집더니, 손가락을 아래로 죽 내렸다.

　그가 그린 직선 옆으로 여러 군데에 'X' 자 표시가 된 지역이 눈에 띄었다. 맥스가 결사대원들을 하나둘씩 모으는 와중에, 우연히 입수하거나 교단에게서 강탈한 코어가 숨겨져 있는 위치를 표시해 놓은 것이다.

　"그러니까 드레이크를 만나러 가는 김에 겸사겸사 코어들을 회수하면 된다, 이거지?"

　"크루겐, 우리들이 유적지에 있을 때 숨겼던 그 코어도 회수하는 게 좋지 않을까?"

　"아, 천사의 날개! 그게 있었지! 여태까지 잊어버리고 있었네!"

　"그건 꽤 희귀한 코어일 텐데, 언제 확보했었지?"

　천사의 날개라는 말에 맥스의 눈썹이 살짝 꿈틀거렸다.

　"나와 크루겐이 유적 발굴 현장에 투입되었던 적이 있었어. 그때 크루겐이 몰래 숨겨두었다."

　"뜻하지 않은 이득이 되겠군. 그건 반드시 회수하도록. 그렇다면 이번 임무에 참여할 조를 구성하려고 한다. 원칙대로라면 조의 구성은……."

　전생에 결사대원이면서 동시에 회귀자인 이가 1명.

　전생에 결사대원이었지만 회귀자가 아닌 이가 2명 이상.

결사대원도 아니고 회귀자도 아니지만, 저주가 통하지 않는 자들 2명 이상.

맥스는 이런 식으로 조를 구성했었다.

"우선은 그레인과 크루겐, 네가 함께 있는 편이 좋겠군."

"전하와 베스티나는?"

"아무래도 이미 같이 다닌 사람들과 지내는 쪽이 효율적이 겠지. 듀란은 당분간 나와 같이 아지트에 머물게 하겠다. 괜찮겠나?"

"그녀석이야 우리들과 함께 움직이는 것보다, 네 밑에 두고 지시를 내리는 편이 낫잖아. 안 그래?"

듀란은 임무를 수행하는 것보다 지시하는 쪽이 훨씬 더 어울린다.

무엇보다 아직 회귀한 상태가 아니기에 결사대에 대해 맥스에게 직접 지도를 받아야 한다.

"드레이크를 설득한다면 이곳으로 오도록."

지도 아래쪽의 작은 섬을 가리키던 맥스의 손가락이 북동쪽으로 쭉 올라가더니, 동그라미를 두 개 겹쳐 그린 곳에 멈췄다.

"이곳은……."

"우리들이 실패했음을 확인하고, 다시 시작하기를 결심한 그 장소다."

시간 회귀술을 실시했던 이름 없는 고성.

어두컴컴한 방 안에 있는 세 명의 얼굴이 진지하게 변했다.

정식으로 결사대가 재집결했음을 확인하는 곳으로 이보다 더 좋은 곳은 없었기에.

*　　　*　　　*

카르디어스 신성력 1398년 9월 15일.

쾅!

펠릭스가 내지른 주먹에 거대한 석문이 산산조각 났다.

사방으로 피어오른 먼지 속에서 크루겐이 잽싸게 안으로 들어갔다. 작은 동굴 안을 꼼꼼히 수색하던 크루겐은 뭔가를 발견하고 단검을 꺼내 땅바닥을 파기 시작했다.

"휴우, 이걸로 코어의 회수도 세 번째네."

크루겐은 직사각형 모양의 코어에 묻은 흙먼지를 툭툭 털어 냈다.

"하피의 날개라, 정찰용으로 쓰기엔 최적이겠네."

날개를 지닌 몬스터의 코어를 쥔 크루겐은 이전에 같은 코어를 이식받았던 동료를 떠올렸다.

아직 만나지 못했지만, 회귀한 30명에 포함되지 않았기 때문에 만나게 되어도 자신을 알아보지 못할 터. 씁쓸한 웃음을 지으며 나중에 있을 어색한 재회를 상상해 봤다.

"크루겐, 이제 남은 코어는 몇 개지?"

"맥스가 알려준 건 여섯 개, 그리고 내가 숨겨놓은 천사의 날개까지 포함하면 도합 일곱 개야."

"다음 도착지에서 회수하게 되겠군."

그레인 일행이 결사대의 아지트를 떠난 지 거의 한 달 가까이 시간이 흘렀다.

드레이크를 만나기 위한 항구까지 절반 정도 온 지금, 아직까지 교단과의 충돌은 없었다. 내려진 임무가 어디까지나 아직 만나지 못한 회귀자의 설득인 만큼, 교단의 시야에서 벗어나 이동하는 게 급선무였다.

베스티나는 특유의 표정 없는 얼굴로 주위를 유심히 살폈다.

그녀가 떨쳐내지 못한 긴장감을 주변 사람들도 느낄 정도였다.

"긴장됩니까?"

그레인의 물음에 베스티나는 잠시 망설이다가 고개를 살짝 끄덕거렸다.

"처음에는 교단과 본격적으로 맞서게 될 날이 오는 게 두려웠어."

베스티나의 오른손에 들려 있는 수정구에서 푸른빛이 감돌았다가 이내 사라졌다.

"그런데 그런 날은 아직도 안 왔고, 기다리다 보니 더 초조해지는 기분이야. 결사대에 들어가게 되면 네가 말한 지옥이 당장 시작될 줄 알았거든."

"그래도 방심하지 않고 긴장하는 쪽이 차라리 낫습니다."

"잠깐. 아, 이런……."

베스티나는 방심이라는 말에 잊어버리고 있던 걸 떠올렸다.

정확히는 그레인과 크루겐도 놓치고 있었던 거라, 빨리 알렸어야 하는 사실을.

"지난번 듀란과 함께 대장과 면담했을 때 했던 이야기인데, 전하와 너희들에게도 알려줘야 한다는 걸 잊고 있었어."

"중요한 이야기입니까?"

"미안. 정말로 미안해."

"사과는 나중에 해도 되니까 우선 무슨 내용인지 말해봐. 전하도 들어야 할 내용이겠지?"

크루겐이 펠릭스 쪽을 바라보자, 펠릭스는 주먹에 묻은 미세한 파편들을 털어내며 가까이 다가왔다.

"잠시만. 좀 복잡한 이야기라서 머릿속에서 정리 좀 할게."

베스티나는 오른쪽 관자놀이를 손끝으로 누르며 듀란과 했던 이야기를 회상했다.

베스티나가 아지트에 머무르는 동안, 맥스는 그녀를 듀란과 동행시킨 상태에서 대화를 나눴다.

베스티나는 펠릭스와 함께 결사대 입장에선 완전히 새로운 인물.

새롭게 알려줘야 할 것이 당연히 많았고, 회귀한 자들이라면 당연히 알고 있을 내용까지 상세히 알려줄 필요가 있었다. 그렇게 맥스에게 여러 지침을 듣던 베스티나는 몇 가지 화두 중 하나를 던졌다.

"하이브리드가 된 이후, 지금까지도 교단에 적을 두고 있는 옛 동료들이라면 배신할 가능성이 거의 없다고 말했지?"

"네, 실제로 제가 이제까지 만난… 회귀자이면서 교단 소속이었던 이들은 모두 전생 때와 같은 목적을 지니고 있었습니다."

하이브리드가 되기 위한 코어의 이식.

그리고 교단의 멸망이라는 같은 목적을 지닌 동료들과의 가급적 빠른 재회.

그것을 위해서가 아니라면 굳이 교단에 남아 있을 필요는 없다.

"그런데 하이브리드가 아닌, 인간인 상태로 교단의 일원이 된 회귀자가 있을 수도 있잖아?"

"어, 이런……."

그레인은 말끝을 흐리며 눈썹 사이를 찡그렸다.

자신도 모르는 사이 교단에 몸을 담고 있는 회귀자들이 모두 하이브리드일 거라고 단정지었음을 뒤늦게 알아챘기 때문이다.

"만약 그런 자가 있다면 유의해야 해."

"전생에 대해 폭로할 수 있기 때문입니까?"

"아니, 그런 부분은 오히려 걱정하지 않아도 될 거라고 봐. 전생에 대한 이야기는 솔직히 아무런 사전 지식이 없이 들으면 허무맹랑함 그 자체야. 게다가 그걸 알리면 알린 본인부터 교단의 신문을 받아야 하겠지."

베스티나는 말을 한 번 끊고선 다른 이들의 표정을 둘러봤다.

그레인과 크루겐의 표정은 썩 좋지 않았다. 펠릭스는 아무런 표정 변화 없이 그녀의 다음 이야기를 기다리고 있었다.

"나 역시 너희들과 함께 보낸 시간이 아니었다면 회귀에 대해 믿지 않았을 거야. 중요한 건 그런 게 아니라, 아까 말한 그 경우에 해당하는 자라면 너희들과 목적 자체가 다를 수 있다는 점이지. 기회주의자일 확률이 높다고 생각해."

"구체적으로 설명해 줄 수 있겠습니까?"

"우선 하이브리드가 아닌 인간이니, 이레귤러… 인지 아닌지에 대해 걱정할 필요가 없어. 그리고 전생에 교단에 몸담았던 적이 있었으니, 교단 내에서 더 빨리 출세할 수 있겠지. 보통의 인간들처럼 높은 자리를 노리면서."

"아……."

"전생과 달리 현생에선 단순히 출세만을 바라는, 그런 인간에게 가장 두려운 건 누구일까?"

베스티나의 날카로운 질문에 그레인은 머릿속에서 답을 떠올렸다.

'콜런과 니카 부부의 경우와 비슷하겠군.'

전생의 고통에서 벗어나 현생을 즐기려는 자들에게 있어서 가장 무서운 건, 회귀한 옛 동료들과의 만남 그 자체였다.

단, 그들은 교단과의 연관 자체를 두려워했기에 장사꾼이라는 길을 택했다.

"아까도 말했다시피 전생에 대해 폭로하지 않는다고 쳐도, 자신을 알아보고 접근한 옛 동료들을 몰래 밀고하는 식의 배신은 가능하다고 봐. 이레귤러… 라고 알리는 것만으로도 충분할 테지."

그레인과 크루겐이 이레귤러라는 표현에 유독 민감하게 반응하는 걸 몇 번이나 봤기에, 베스티나는 조심스럽게 언급하면서 말을 이어나갔다.

"그런데 출세를 바라는 놈이 굳이 교단에 들어갈 이유가 있을까? 차라리 내가 아는 그 부부처럼……."

"하이브리드로서 교단을 상대로 싸웠던 전생보다, 인간으로서 교단의 성직자로 조용히 살아가는 쪽이 훨씬 이득이라고 생각해 본 적은 없어?"

피로 점철된 길. 그리고 별다른 장식도 없는 평탄한 길.

전자를 이미 경험한 자에겐 후자는 너무나 행복한 길일 수 있다.

"흐음, 그러네. 그렇게 생각할 수도 있었겠어."

교단과의 투쟁 그 자체에 너무 몰두해서였을까.

크루겐은 그런 식으로 동료들이 변할 수 있는 가능성을 무의식적으로 배제했음을 깨달았다.

"하지만 베스티나, 그런 식이라면 저와 크루겐은 이미 체포되었을 겁니다. 아니, 교단에 있는 다른 동료들도 마찬가지였겠죠."

"그건 아마도 또 다른 가능성을 염두에 두었기 때문일 거야. 전생 때처럼 교단이 이기는 결과가 아니라, 결사대가 이기는 미래도 올 수 있을 테니까. 그리고 네가 말했던 '회귀로 인한 망각'을 적절히 이용한다면……."

"아, 무슨 이야기인지 알겠습니다."

그레인은 베스티나의 의도를 파악하면서 고개를 끄덕거렸다.

교단과 결사대간의 대결이 전생과 똑같이 교단의 우세로 흘러간다면, 조용히 교단에 머무르기만 하면 된다.

반대로 결사대 쪽으로 유리하게 흘러간다면, 뒤늦게라도 결사대를 지지해도 된다. 왜 늦게 참가했냐는 추궁에는 회귀가 늦게 왔다고 변명하면 된다.

하이브리드가 아닌 인간이기에 가능한 두 가지 선택.

그 선택의 전제 조건 중 하나가, 아직 회귀한 상태가 아닌 척하면서 다른 결사대원들을 모른다고 시치미를 떼야 한다는 것. 만약 실수로라도 상대를 알아봤다면 어떻게 해서든 자신을 알아본 동료들의 입을 막아야 한다.

죽이는 한이 있더라도.

그레인은 베스티나가 언급했던 기회주의자란 의미를 이제야 이해할 수 있었다.

"그렇기에 인간인 상태로 교단에 머물고 있는 회귀자들이 접근해 오는 걸 주의해야 해. 스스로 결사대에 가입하겠다는 의사를 밝혔더라도 말이야."

"어쩌면 크로드와 헬키아가 시련을 받지 않는 몸이라는 걸 들킨 게, 그래서였을지도 모르겠습니다."

"문제는 크로드의 회귀는 체포된 이후였고, 헬키아에겐… 물어볼 수가 없겠네."

그레인과 크루겐은 각자 생각에 잠겼다.

지금까지 베스티나로부터 들은 말만으로도 고려해야 할 것이 너무 많아졌기 때문이다.

그러나 베스티나는 아직 할 말이 더 남아 있었다.

"너희들, 예전에 결사대였던 부부를 만난 적이 있다고 했지?"

"콜런하고 니카?"

"냉정히 말하자면 확실하게 입을 막았어야 한다고 봐."

"…베스티나, 그 녀석 중 하나는 내 친구였다고. 적당히 하지그래?"

크루겐이 그답지 않게 노골적으로 인상을 찌푸렸다.

'확실하게'라는 표현이 지금처럼 기분 나쁘게 들린 경우는 처음이었다.

"하지만 지금은 결사대원이 아니야. 스스로 교단과의 투쟁을 포기하기도 했고. 그런 옛 친구를 쉽게 믿는 건 위험해."

"그래서 나보고 그 부부를 어떻게 하라는 거야? 지금이라도 그 둘의 목을 따서 오라는 거야?"

크루겐의 목소리가 커지자, 그레인은 둘 사이에 끼어들려고 했다.

그러나 그보다 먼저 펠릭스가 그레인 쪽으로 손바닥을 내밀었다. 우선은 이대로 둘이 계속 이야기하도록 놔두라는 무언의 지시였다.

"솔직히 그때 이후로 너희들의 정체가 발각되지 않은 건 굉장히 운이 좋았다고 보고 있어."

"그건 네가 말한 믿을 수 없는 친구 덕분이 아니었을까?"

"크루겐, 나는 네가 앞으로는 그런 요행을 바라지 않고 행동하길 바라는 마음에서 말한 거야. 논점에서 벗어나지 않았으면 좋겠어."

베스티나는 크루겐에게서 눈을 떼지 않고 말을 계속 이어 나갔다.

목소리가 살짝 떨렸지만, 지금 주저하면 안 된다는 마음가짐에는 변함이 없었다.

"그러면 누굴 믿으라는 거야? 의심부터 전제로 깔고 가자는 이야기야?"

"진정 믿을 수 있는 자는 결사대에 '있었던' 자들이 아니라 '다시 오는' 이들로 한정 지어야 해. 나는 그렇게 생각하고 결사대에 들어왔어. 옛 동료라는 말은 말 그대로 옛날 일일 뿐이야."

결사대원이 아니었던 자가 결사대원을 보는 시각.

당연히 그레인과 크루겐의 시각과는 다를 수밖에 없었다. 옛 동료들을 보는 그 둘의 시각에 당연히 존재했던 유대감은 베스티나에게 처음부터 없었다.

그렇기에 그녀는 냉철한 판단을 내릴 수 있었다.

"흐음, 그러니까……."

크루겐은 시선을 한곳에 두지 못하고 어떻게 대답해야 할지 고심했다.

따지고 보면 베스티나의 말은 틀린 부분이 없었다. 당시 콜런과 니카 부부를 살려둔 건 다분히 감정적인 판단이었다. 회귀를 거치면서 서로가 서로를 의심해도 하나 이상할 것 없는 현 상황에선 이성적인 판단이 우선시된다.

그럼에도 감정적인 부분을 완전히 버릴 수 없는 크루겐은 마음속으로 갈등했다.

"생각해 보니 내가 했던 말은, 그게……."

이번에는 베스티나 쪽에서 갈피를 잡지 못하고 우물쭈물했다.

뿔뿔이 흩어졌던 결사대가 다시 모일 수 있었던 건, 같은 목적 아래 현생을 살아온 그들만이 유대감이 큰 작용을 했다.

그걸 정면으로 반박했으니 크루겐이 화가 날 수밖에 없었다.

사람이라면 모든 일을 이성적으로만 판단할 수는 없다. 때로는 감정에 의지한 결정이 옳은 길을 제시할 수도 있다.

시간이 걸리더라도 더 완곡하게 말했다면 분위기가 이렇게 되진 않았다는 후회가 들었다.

두 남녀가 서로 시선을 피하며 할 말을 찾지 못하자, 그레인이 말없이 크루겐의 한쪽 어깨에 손을 올렸다.

말이 오가진 않았지만 그레인의 눈빛과 손짓만으로도 어떻게 대응해야 할지 알 수 있었다.

"미안, 내가 너무 날이 섰었어."

"어⋯⋯."

크루겐 쪽에서 먼저 사과를 하자 베스티나의 얼굴에 당황한 기색이 역력했다.

그녀는 그레인을 바라봤다. 아까 그가 크루겐에게 했던 것처럼 어깨라도 잡아주길 바라는 눈치였다.

하지만 그레인은 가볍게 웃을 따름이었다.

결국 베스티나는 길게 한숨을 내쉬며 스스로 마음을 추슬렀다.

"아니야. 나야말로 조심스럽게 말했어야 했어. 좀 더 돌려 말했으면 서로의 감정도 안 상했을 거야."

"너는 충분히 돌려서 말했어. 그런데도 발끈한 내가 속이 좁았던 거지. 나야말로 확실하게 입을 막은 적이 있었는데, 너에게 화낼 입장은 아니야."

"그, 그랬어?"

"동료는 아니었지만."

태연하게 대답하는 크루겐을 보며 베스티나는 살짝 긴장했다.

혹시 자신이 의도했던 의미와 같은 뜻인지 확인하고 싶었지만 차마 물어볼 엄두가 나지 않았다.

대신 베스티나는 크루겐과 함께 다니면서 누군가의 입을 막아야 하는 일이 있었는지 기억을 더듬었다. 그리고 가장 유력한 기억을 떠올리는 순간, 그녀의 눈동자가 흔들렸다.

"눈치챘구나. 하지만 알지?"

크루겐은 오른손 검지를 일자로 세우더니 입술에 가져갔다.

베스티나는 침묵으로 전달된, 침묵해 달라는 의견에 고개를 끄덕였다. 그들의 이야기를 조용히 듣고 있던 펠릭스 역시 마찬가지였다.

"말이 나온 김에 앞으로는 할 말이 있으면 그냥 말해 버려. 계속 우리들의 눈치를 보느라 할 말이 있어도 입을 꾹 다물고 다니는 느낌이었거든. 내 말이 틀려? 맨 처음 했던 말도 그래서 그동안 말 못 했던 거 아니야?"

"아까처럼 이야기하다가 서로 언짢게 될 수도 있는데?"

"그럴 땐 싸우면서 의견 조율 하면 되는 거지. 다투는 걸 두려워해 서로 꾹 입 다물고 있는 것보단 그런 편이 훨씬 낫다고."

크루겐은 전생의 자신을 떠올리며 피식 웃었다.

맥스의 방침에 의해 모든 결사대원은 평등한 위치에 있었지만, 실제적으로는 달랐다.

이식받은 코어와 코어를 활용하는 자질의 차이.

그것으로 인한 결사대원들끼리의 실력의 차이는 너무나 컸다.

자연스럽게 강한 자들의 목소리가 커질 수밖에 없었고, 당시의 크루겐처럼 실력에서 뒤지는 자들의 목소리는 묻히기 십상이었다.

"특히 지금의 네 입장에선 의견 교환은 필수적이라고. 안 그러면 괜한 오해를 받을 수 있어."

"알았어. 명심하겠어."

"그리고 이 정도는 다투는 것도 아냐. 넌 못 봤겠지만, 저 녀석과 스코트가 전생에 싸우는 건 진짜로… 아주 장관이었지. 때론 둘 중 하나가 결사대를 나오지 않을까 초조할 정도였다니깐."

"크루겐, 왜 갑자기 나를……"

"왠지 매번 나만 당하는 입장 같아서 친구 좀 팔았다. 왜?"

크루겐의 반박에 그레인은 난처한 표정으로 뒤통수를 긁었다.

이야기하는 내내 경직된 베스티나의 얼굴에 옅은 미소가 입가에 머물렀다.

"아무튼 이제 조심할 거리 하나가 더 생긴 거네."

"베스티나, 정말 고맙습니다. 그런 부분에까지 생각이 미치지 못했는데 당신 덕분에 시야가 넓어진 기분입니다."

"그건 아마도 내가 회귀자가 아닌 입장이라서 그럴 수도 있어. 내가 별다르게 특별한 건 아니라고 봐."

예상 못 한 칭찬이 쑥스러운 듯, 베스티나는 그레인을 마주 볼 수 없었다.

"그리고 지금 와서 이런 말을 덧붙이기엔 좀 그렇지만, 내가 말했던 것 역시 하나의 가능성에 불과해."

"결국 그런 인물이 나타나면 서로 모르는 척 무시하고 넘어가는 게 최선의 선택이라는 이야기로군."

셋의 이야기를 잠자코 듣고 있던 펠릭스가 입을 열었다.

"가능하면 이런 이야기는 일찍 말해주길 바란다."

"명심하겠습니다."

"그레인, 크루겐. 짐작 가는 이는 있나?"

"잠시만요. 30명 중에 뺄 사람을 빼고 남으면……."

크루겐이 양손을 펼치더니 뭔가 열심히 셈을 시작했다.

"어차피 30명 중에 만나지 못했거나 사망한 동료들을 제외하면, 있을지 모르는 누군가의 후보는 그리 많지 않을 거예요. 그런데 저희들은 이미 교단을 탈주한 입장이라, 교단의 성직자와 만날 수 없죠."

"아마도 적으로 만나야만 하겠지."

옛 동료들이나 이레귤러가 아닌 이상, 교단은 이제 그들의 적.

가능하면 베스티나의 예측과 달리 다시 결사대원으로서 만나기를 바랐다.

"그런데 날이 어두워지기 전에 슬슬 출발하자. 남은 이야기는 마차 안에서 하자고."

크루겐은 지평선 너머로 반쯤 사라진 해를 가리키더니 마차 쪽으로 걸음을 옮겼다.

남은 일행이 모두 마차에 올라타자 마부석 중앙에 앉은 크루겐이 말고삐를 내려쳤다.

길게 뻗은 도로는 그들의 다음 목적지인, 던컨을 만났던 유적지를 향해 이어져 있었다.

"그레인, 우리들이 그곳을 떠난 지 얼마나 지났을 거 같아?"

"반년 정도?"

"틀렸어. 1년하고도 반년도 더 지났다고."

"그렇게나 시간이 흘러갔나……."

그때엔 크루겐과 지금까지 계속 같이 다닐 거라고 생각하지 못했다.

게다가 벤트 섬에서 거의 접점이 없었던 베스티나가 결사대의 새로운 멤버가 될 거라고는 상상도 못 했다.

"아까 나, 좀 그랬지?"

크루겐은 베스티나와의 언쟁을 떠올리며 살짝 부끄러워했다.

"겉보기엔 20살이지만 사실 난 40대 아저씨나 마찬가지인데, 아직 내 나이의 반도 안 된 여자애 앞에서 감정적으로 나와 버렸잖아."

"나이와 성격은 별개의 문제다."

"그렇다면 나는 50살, 60살이 되어도 그런 성격이라는 거야? 왠지 싫은데. 그런데 나, 동료들과 처음으로 말싸움을 해 본 것 같은데. 내 기억이 맞겠지?"

크루겐의 물음에 그레인이 턱을 매만지며 생각에 잠겼다.

그러나 딱히 떠오르는 게 없었던 그레인은 고개를 가로저었다.

"미안, 전생의 너에 대해서는 잘 몰라. 조용히 지냈던 것 외에는 딱히……."

"아, 그랬지. 전생 때 존재감을 좀 키울걸 그랬어. 젠장, 말을 꺼낸 건 난데 정작 상처 입은 사람도 나잖아."

크루겐은 입술을 툭 내밀고 푸념했지만, 말과 달리 눈은 웃고 있었다.

전생과 확실히 달라졌다는 의미이기도 했기에.

"어?"

순간 시야가 아래위로 흔들리자 크루겐이 급히 말고삐를 잡아당겼다.

"워, 워. 진정해, 진정하라고."

지면이 미약하게 흔들렸다. 혹시라도 말들이 흥분할까 봐 크루겐은 손을 내밀어 말들을 매만졌다.

"어제도 이랬던 것 같은데……."

"그저께도 그랬어. 미약한 지진이지만 불안한데?"

잠시 후, 지진이 멎자 마차가 다시 출발했다.

지진 때문에 한 번 끊겼던 대화는 다시 이어지지 않았다.

크루겐은 지평선을 향해 길게 이어져 있는 도로만을 바라봤고, 그레인은 지평선 아래로 반쯤 몸을 숨긴 해를 응시했다.

*　　　　*　　　　*

번화가의 한복판에 자리 잡은 카르디어스 교단의 성당.

스테인드글라스를 통해 들어온 저녁노을이 미사를 진행 중인 사제의 왼쪽을 밝혀주었다.

"그러면 모두 돌아가서 그분의 말씀을 전합시다."

사제가 미사의 종료를 알리자, 신도들이 자리에서 일어나 성당 밖으로 조용히 이동했다.

미사 용품을 챙긴 복사들이 사제를 향해 인사를 하고 뒤따라 나갔다.

홀로 남게 된 사제는 품 안에 있던 한 장의 종이를 꺼내 펼쳐 들었다.

"그레인과 크루겐이라."

옛 동료의 얼굴과 이름이 적힌 수배서를 읽는 그의 입가엔 여러 감정이 겹쳐 있었다.

카르디어스 교단의 주임 사제, 바릭투스.

전생에는 결사대의 57번째 대원이었던 자.

그는 등에 화살이 무수히 박힌 채로, 숨이 끊어지기 직전에 간신히 회귀에 성공했다.

"그렇게 죽을 고비를 수도 없이 넘었으면서도, 다시 교단과 적대하다니… 대단한 놈들이야."

얼핏 들으면 둘을 칭찬하는 말로 들릴 수 있었지만, 수배서를 바라보는 그의 표정에는 비웃음이 가득했다.

교단의 무서움을 뼈저리게 경험한 바릭투스는 다시 교단과 대적할 엄두가 나지 않았다.

그래서 그는 회귀하자마자 하이브리드가 아닌 인간으로 남는 길을 택했다.

"어리석은 놈들."

바릭투스는 전생과 똑같은 선택을 한 두 동료를 비웃었다.

처음부터 노예가 아닌 운명을 택하면 노예에서 벗어나야 할 필요조차 없어진다.

또 질지도 모르는 교단과의 투쟁을 버린 그는 인간으로서, 교단의 성직자로서 출세를 바랐다.

전생에서 터득한 교단 내부의 사정을 이용하면서 천천히, 하지만 꾸준하게 위로 올라가는 길을 택했다.

그럼에도 그는 20대에 도달하기 힘든 주임 사제의 자리에 도달했다. 나름 출세에 있어서 속도를 조절했다고 생각했음에도.

그렇게 위로 올라가던 그는 한 가지 실수를 깨닫고 고심했다.

교단에 몸을 담고 있는 이상, 전생의 동료들과 조우할 가능성은 높게 마련이다.

"휴우, 그 녀석이 회귀자가 아닌 게 천만다행이었지."

사제가 된 직후 현생에서 처음 페트로와 마주쳤을 때, 전신에 식은땀이 흘렀다.

그러나 회귀자가 아닌 페트로가 그를 알아볼 리 없었다.

그래도 혹시 몰라 밀고할 생각도 해봤지만, 쓸모없는 짓이라는 걸 깨닫고 그만두었다. 페트로는 하이브리드의 자질을 미리 알 수 있는 비법이 개발된 뒤에야 하이브리드가 되었으니까.

그렇게 한차례 위기 아닌 위기를 넘겼던 바릭투스는 뜻밖의 소식을 접했다.

결사대의 대장이었던 맥스의 탈주.

맥스의 수배서를 본 바릭투스의 머릿속에서 하나가 아닌

두 개의 선택지가 떠올랐다.

이대로 교단의 성직자로 남아, 또 한 번 결사대의 몰락을 멀리서 보면서 위로 올라가느냐.

아니면 다시 한번 결사대에 들어가, 전생에 이루지 못했던 교단의 멸망에 동참하느냐.

"그저 기다리면 되는 입장이 이렇게 즐거울 줄은 몰랐지."

회귀로 인해 현생의 역사는 전생과 명백히 다른 방향으로 전개되는 중.

확실히 어느 한쪽으로 추가 기울었을 때 자신의 행보를 결정지으면 된다.

도박임이 분명했지만, 어느 한쪽으로 승부가 결정된 뒤에 돈을 걸 수 있는 입장이었다.

그걸 위해서 바릭투스는 한 가지 방침을 정했다.

자신을 알아보고 다가오는 동료들은 그냥 놔두어서는 안 된다는 것을.

"참 운도 없는 녀석들이었어. 왜 하필 나를 만나서는……."

체일런, 헬키아.

바릭투스는 한 명을 탈주자로, 다른 한 명을 이레귤러라고 익명으로 교단 측에 신고했다.

체일런의 사망을 알게 된 날에는 약간이나마 죄책감을 느꼈다.

그러나 헬키아가 죽었다는 걸 듣게 되었을 땐, 가슴을 쓸어

내리며 안도의 한숨을 내쉬었다.

자기 자신의 안위를 위해 옛 동료들을 신고한 입장에서 죄 책감은 위선 그 자체.

그는 스스로의 감정에 솔직해지기로 결심했다.

내친김에 교단에 하이브리드로서 남아 있는 옛 동료들을 모두 신고할까 고민도 해봤지만, 이내 그만두었다.

어쩌면 자신을 더 높은 곳으로 이끌지도 모르는 변수를 자 신의 손으로 굳이 없앨 필요가 있을까 하는 판단 때문이었다. 어차피 이미 탈주해서 교단에 벗어난 결사대원들에게는 의미 없는 행동이기도 했고.

"앞으로의 전개는 어느 쪽에 더 유리하게 흘러갈까?"

여태까진 교단 측의 우세를 점쳤었다.

그러나 그레인까지 탈주했다면 이야기는 좀 달라진다.

화룡의 어금니를 이식받은 덕분에 강력한 화염의 힘으로 교단을 밀어붙였던 99번째 결사대원.

수배서에는 냉기의 힘을 지녔다고 적혀 있었다.

"정반대의 힘을 지녔으면서도 목적은 전생과 똑같군."

주머니 안에 집어넣은 그의 오른손이 주사위를 매만졌다.

'선택'을 할 수 있게 된 현생에서 새롭게 생긴 그의 버릇이었 다.

"그렇다면 나는 어느 쪽을 택할까?"

바릭투스는 스테인드글라스를 통해 들어오는 빛을 정면으

로 응시했다.

눈부심을 견디지 못한 그는 고개를 옆으로 돌리면서, 시야 끄트머리에 들어온 그림자를 보고 씨익 웃었다.

제4장
은혜를 입은 자의 의무

카르디어스 신성력 1398년 9월 20일.

"어? 어떻게 된 거지?"

수풀을 헤치며 조심스럽게 이동하던 크루겐이 벌떡 일어섰다.

"그레인, 내 눈이 잘못된 건 아니지?"

"네 눈이 잘못된 게 아니라, 저기가 잘못된 것 같군."

무너진 돌들로 막혀 버린 유적지 입구들.

지면 이곳저곳에 발생한, 발 하나는 충분히 들어갈 정도의 균열.

한창 땅을 파헤쳐야 할 인부들을 포함해 아무도 없는 공간.

분명히 전에 왔던 곳인데 너무나 낯설게만 변해 버렸다.

"그레인, 원래 이런 분위기였어?"

"아닙니다, 언제나 활기찬 느낌이었죠. 절대 이렇지 않았는데……."

유적지에 처음 와본 베스티나의 질문에 그레인은 망연자실한 눈으로 주변을 둘러봤다.

휘이잉.

모래바람과 함께 말라붙은 나무에서 떨어진 잎들이 허공에 맴돌았다.

몰래 숨겨놨던 코어, '천사의 날개'를 회수하기 위해 거의 2년 만에 도착한 유적지는 폐허가 되어버렸다.

"설마 지진 때문에 모두 도망친 걸까?"

"아니, 지진 때문만은 아닌 것 같아."

급히 도망쳤다면 분명히 남아 있어야 할 작업 도구들이 하나도 보이지 않았고, 줄줄이 늘어서 있던 막사도 모두 철수된 상태였다.

"유적 발굴을 다 마쳐서 다른 곳으로 이동했을까?"

"그럴 가능성도 높겠지. 그런데 던컨 교관님 말로는 이곳에 있는 모든 유적을 다 파헤치려면 몇 년은 더 걸린다고 말했어. 뭔가 수상해."

그레인은 정체를 숨기기 위해 걸쳤던 로브의 후드를 벗었다.

코어를 회수하기 위해 잠입할 필요는 사라졌지만, 대신 다른 의미로 두려움이 엄습했다.

"우선은 주변을 살펴봐야겠어. 뭔가 심상치 않은 일이 있었던 것 같아."

"그러면 나는 코어를 회수할게."

크루겐은 꼬깃꼬깃 접힌 쪽지를 펼치더니 코어를 묻어놓은 위치를 찾기 시작했다.

나머지 인원은 뿔뿔이 흩어져 유적지를 수색하기 시작했다.

작은 단서라도 찾기 위해 눈에 들어오는 모든 걸 살펴봤다. 얕은 웅덩이 안과 돌무더기 속까지 살펴봤지만 특별한 것은 눈에 띄지 않았다.

혹시라도 남아 있는 자가 있나 목소리를 높여 외쳐봤지만 돌아오는 대답은 없었다. 많은 이의 눈을 피해 변장까지 했지만, 막상 누군가라도 있기를 바라는 지금의 이 상황이 역설적으로 느껴졌다.

"어? 어디 갔지? 이러면 안 되는데……."

크루겐은 난처한 얼굴로 코어가 있어야 할 곳을 마구 더듬어봤다.

단검으로 파헤친 곳 안에 있어야 할 코어가 온데간데없자 크루겐은 허둥지둥했다.

지진으로 인해 유적지의 지형 상당수가 변형되었고, 아예 깎아지른 절벽으로 바뀐 곳도 있었다. 엎친 데 덮친 격으로 이정표로 삼았던 막사나 나무들도 사라졌기에 머리를 감싸질 수밖에 없었다.

게다가 오랜만에 와서 그런지 '이곳이 정말 맞나?'라며 기억의 혼란까지 찾아왔다.

"젠장! 이럴 줄 알았으면 쪽지에 대충 표시하지 말고 아예 지도를 그려 버릴 걸 그랬어. 하지만 지진이 일어날지 누가 알았겠어? 아오, 진짜……."

기억을 더듬으면서 계속 같은 곳을 반복해서 왔다 갔다 하는 크루겐의 입에서 푸념과 욕설이 끊이지 않았다.

그레인은 묵묵히 유적지를 돌아다니며 이곳에서 벌어졌을지도 모르는 일에 대한 단서를 찾고 있었다. 크루겐처럼 혼란스럽지 않았지만, 마음속은 착잡하기 그지없었다.

'교단에 머무르는 동안, 그나마 이곳에서 보냈던 시간은 즐거웠지.'

교관 던컨과 그의 부하 둘은 교단 소속의 인간들답지 않게 하이브리드를 차별하지 않았다.

같이 온 세 명의 수료생은 처음에는 어색했지만, 헤어지기 전엔 나름 친해졌다.

고용된 인부들은 거친 인상과 다르게 아직 소년이었던 그레인과 크루겐에게 잘 대해주었다.

물론 유적지 탐사 자체는 위험했지만 빠르게 적응한 이후에는 큰 문제 없이 시간이 흘러갔고, 그레인에겐 좋은 기억으로 남게 되었다.

'만약 전생의 기억이 없었다면 이대로 여기에서 눌러 살았을지도 모르겠어.'

그러나 어디까지나 가정 중 하나였기에 고개를 절레절레 저으며 추억을 떨쳐냈다.

"흐음?"

걸음을 멈춘 그레인은 커다란 돌 아래에 껴 있던 걸 뽑았다.

비에 젖고 누렇게 변색되었지만 표면에 적힌 내용은 낯설지 않았다.

"크루겐, 이쪽으로 와봐!"

급히 달려온 크루겐은 그레인이 내민 편지를 쓱 훑어봤다.

"어? 이거……."

크루겐이 눈을 비비더니 다시 한번 찬찬히 훑어봤다.

"던컨 교관님께 보냈던 편지 아냐?"

"맞군. 그것도 가장 최근에 보냈던 거야."

"교관님은 이런 걸 버리고 갈 사람은 아닌데, 무슨 일이 진짜 있긴 있었나 본데?"

편지를 읽은 다음 급한 일이 생겨서 그냥 바위 밑에 꽂아두고 잊어버렸을 수도 있다.

그러나 주변의 묘한 상황과 겹쳐지다 보니 여러 방향으로 온갖 추측이 난무하기 시작했다.

"아, 이제 생각났어!"

온갖 제스처를 취하며 고민하던 크루겐이 손가락을 튕겼다.

"멜린다 교관에게 들었던 말, 기억 안 나? 이스트라 교관님 과 던컨 교관님이 했던 거!"

"아차, 그게 있었지."

이레귤러의 탈출.

그레인은 맨 처음 이곳에 도착했을 당시, 황금색 팔찌를 영 내키지 않아 하며 사용했던 던컨의 모습을 떠올렸다.

여전히 이곳에서 무슨 일이 일어났는지는 아직도 명확하지 않지만, 최소한 던컨의 행방에 대해서만은 몇 가지로 압축되 었다.

몰래 이레귤러를 탈출시킨 게 들통 나서 교단에 의해 체포 되었거나, 탈출했거나. 혹은 다른 곳으로 전출되었을 가능성 도 있었지만, 그렇다면 그곳에서 체포되었을 수도 있다.

"항상 전생의 기억만 더듬는 습관이 들다 보니, 정작 현생 에서 보고 들은 걸 대수롭지 않게 넘겨 버린 것 같아. 이 버 릇 고쳐야겠다."

"나도 마찬가지야."

"그런데 내가 정말 그 코어를 나무 밑에 파묻긴 했었나?"

스스로의 기억에 대해 자신감이 사라진 크루겐이 조심스럽 게 물어봤다.

"나무를 가리키긴 했었어."

"그렇다면 나무 밑이 확실하긴 한데… 잠깐!"

크루겐은 자신이 놓쳤던 부분을 뒤늦게 깨닫고 급히 절벽 근처로 달려갔다.

그는 아까 수색했던 위치에서 동쪽으로 멀리 떨어진 곳에서 멈춰 서더니, 그루터기 주변을 파헤치기 시작했다.

"그레인, 좀 도와줘! 다른 사람들도요!"

크루겐의 요청에 그레인과 베스티나, 그리고 펠릭스도 함께 팔을 걷어붙이고 나섰다.

"나 진짜 정신 좀 차려야겠다. 무작정 나무 밑만 찾아다녔으니 말이야. 그사이 나무를 누군가 베었을 수도 있잖아?"

"생각할 거리가 많았으니까."

"대신 변명해 줘서 고마워. 아, 너무 급하게 파지는 말고. 코어가 망가질 가능성도 있거든. 특히 전하는 힘 조절 부탁드려요."

"알겠다."

대화를 마친 그레인 일행은 각자 구역을 나눠 그루터기 주위를 파헤쳤다.

혹시라도 코어가 부서지지 않을까 조심스럽게 흙을 파내는 모두의 이마에 구슬땀이 맺혔다.

"어?"

땅을 파헤치던 크루겐의 손동작이 일순간 멈췄다.

다른 이들 역시 마찬가지로 하던 일을 중단하고 진동이 가라앉기를 기다렸다.

"이거 아무래도 지진이 안 끝난 것 같아."

"계, 계속해도 되려나?"

지면의 흔들림이 가신 후에야 몸을 일으킨 크루겐이 주변을 두리번거렸다. 천천히 몸을 일으키던 그의 낯빛이 창백하게 변했다.

"으으, 괜히 봤어."

몇 발자국 거리 앞에 있는, 까마득한 낭떠러지 아래를 본 크루겐이 부들부들 떨기 시작했다.

처음에는 아무렇지 않았지만, 한번 지진을 겪고 나니 식은땀이 마구 흘러내렸다.

"전하, 혹시 모르니 제 뒤로 멀리 물러나세요. 그레인, 베스티나. 너희 둘도."

크루겐은 손짓을 하며 나머지 일행들을 물러나도록 지시했다.

펠릭스는 만약을 대비해 몸에 감고 있던 영겁의 사슬을 풀어 양손에 쥐었다. 베스티나는 아예 지면을 얼려 버릴까 생각해 봤지만, 섣부르게 손을 댈 수 없었기에 가만히 서 있기만 했다.

다시 지진이 일어나지 않기를 바라는 모두의 침묵 속에서 크루겐 혼자서 땅을 파헤치는 소리만이 들렸다.

"찾았다!"

양손으로 코어를 집어 든 크루겐의 입에서 환호성이 터져 나왔다.

그는 두려움을 싹 잊고서 흙이 묻어 있는 코어에 연신 입을 맞췄다.

"지형이 워낙 많이 바뀌어서 그런지 판단력이 흐려졌어! 이제야 속이 좀 후련하네! 왜 던컨 교관님이 이걸 처음 발견하고 그렇게 날뛰었는지 이제 알겠어! 다음부턴 너무 깊게 파묻지 않을 거야!"

흥분한 크루겐의 입에서 두서없는 말들이 마구 쏟아져 나왔다.

그레인은 어서 이쪽으로 오라며 손짓했지만, 크루겐의 눈에는 오직 코어만이 보일 뿐이었다.

"크루겐! 코어를 찾았으니 빨리 여기서 벗어나야 해!"

"에이, 이젠 다 끝났으니 지진이든 뭐든 걱정하지 않아도 된다고. 뭘 그렇게 서둘러?"

크루겐은 미소를 머금은 채로 그레인을 바라보며 한 걸음 앞으로 내디뎠다.

바로 그때.

"어? 어어?"

시야가 아래위로 심하게 흔들리면서 크루겐의 얼굴에서 미소가 싹 사라졌다.

아까 겪었던 지진 따위 아무것도 아니라는 듯, 두 다리로 서 있는 것조차 힘에 겨웠다.

"으악!"

하마터면 절벽 쪽으로 쓰러질 뻔했던 크루겐이 가까스로 몸을 비틀며 반대 방향으로 쓰러졌다.

"젠장! 우, 움직여야 하는데……."

땅바닥에 떨어진 코어를 향해 손을 뻗으려던 크루겐의 안색이 새파랗게 질렸다.

지면에 금이 사방팔방에 나타나며 그 사이로 코어가 들어갔기 때문이다.

"크루겐, 코어는 포기해!"

"아, 알았어!"

결국 코어에 대한 미련을 버린 크루겐이 그레인 쪽으로 조심스럽게 기어 왔다.

그러나 베스티나는 크루겐과 반대로 한 걸음씩 절벽 쪽으로 걸어갔다.

"베스티나? 뭐 하는 거야?"

"이리로 오십시오! 위험합니다!"

크루겐과 그레인의 외침에도 베스티나는 멈추지 않았고, 균열 사이로 사라질 뻔했던 코어의 모서리를 움켜쥐었다.

때마침 지진도 가라앉자, 그녀의 입에서 안도의 한숨이 흘러나왔다.

"휴우, 간신히 잡았……."

그레인의 눈을 바라보던 베스티나의 눈높이가 갑자기 아래로 확 내려갔다.

"베스티나!"

지면의 크고 작은 균열들이 이어지면서 절벽 끄트머리가

무너져 내리기 시작했다.

그레인이 베스티나를 향해 급히 다가가더니 그녀의 왼손을 강하게 움켜쥐었다.

"전하! 영겁의 사슬을!"

"이걸 잡아라!"

펠릭스는 영겁의 사슬을 휘둘렀고, 그레인이 왼손을 펼쳤다.

그러나 사슬 끝 부분은 아슬아슬하게 그레인에게 닿지 않았다.

"꺄아악!"

베스티나의 비명과 함께 절벽이 무너져 내렸다.

"그레인! 베스티나!"

뒤늦게라도 둘을 구하려 달려가려던 크루겐을 펠릭스가 등 뒤에서 붙들었다.

혹시라도 어둠의 힘을 이용해 빠져나갈까 봐 그림자가 없는 곳으로 크루겐을 잡아끌었다.

크루겐은 펠릭스에게서 벗어나기 위해 발버둥 쳤지만, 펠릭스의 힘을 이기기엔 역부족이었다.

"지금은 냉정해야 할 때다. 내 말이 틀리나?"

"이거 놓으십쇼!"

"우리들마저 지진에 휩쓸리면 안 된다."

"놓으라고! 놔!"

악에 받친 크루겐의 말투가 순식간에 반말로 바뀌었지만,

펠릭스는 조금의 표정 변화 없이 그를 붙들고만 있었다.

그사이 다시 지진은 시작되었고, 지형이 계속 변화했다.

그렇게 10여 분이 흐른 뒤에야 지진이 멈추자, 펠릭스는 크루겐을 붙들고 있는 팔의 힘을 뺐다.

"이제 좀 진정되나?"

"…네, 죄송합니다."

"신경 쓰지 마라. 지금 중요한 건 그게 아니다."

"알겠습니다."

크루겐은 입술을 굳게 다물고서 무너진 절벽 끄트머리로 걸어갔다.

코어가 묻혀 있던 그루터기 주변은 낭떠러지 아래로 사라졌다.

그래도 그레인이라면 허무하게 죽었을 리 없다는 생각에 크루겐은 조심스럽게 절벽으로 다가갔다.

절벽 아래를 내려다보기 직전, 크루겐은 두 눈을 질끈 감더니 침을 꿀꺽 삼켰다.

높은 곳이 무서워서가 아니었다. 두 명의 동료가 피투성이가 되어버린 끔찍한 광경을 보게 될까 두려워서였다.

"어?"

크루겐의 눈에 가장 먼저 들어온 것은 절벽 아래로 죽 이어져 있는 냉기의 흔적이었다.

정확히는 절벽에 수평 방향으로 박힌 반 토막 난 얼음판들이었다.

*　　　*　　　*

"으윽."

정신을 차린 그레인의 입에서 신음이 흘러나왔다.

상체를 일으키려고 했지만, 전신에서 느껴지는 고통에 눈썹 사이를 찌푸리며 다시 누워 버렸다.

"살아… 남았군."

그레인은 눈을 깜박이며 하늘을 향해 뻗은 자신의 왼손을 바라봤다.

땅바닥에 등을 대고서, 왼손을 위로 내민 자세였다.

여섯 개의 얼음벽을 형성해 주변을 감쌌지만, 머리 위에서 쏟아져 내려오는 돌과 흙무더기를 막기 위해 뻥 뚫린 머리 위를 향해 연거푸 얼음벽을 형성했다.

그러던 와중 현기증을 느끼고 정신을 잃었던 것이 그의 마지막 기억이었다.

"아, 내가……."

시선을 더 높은 곳으로 향한 그레인의 눈동자가 살짝 흔들렸다.

어떻게든 살아나기 위한 발악의 흔적을 발견했기 때문이다.

절벽 아래로 떨어지는 급박한 상황 속에서 그레인은 냉기로 절벽에 수평으로 이어진 얼음벽을 형성했다.

연거푸 얼음벽을 형성해 추락할 때의 충격을 완화시키려는 의도였다.

그러나 어디까지나 완화였지, 충격 자체를 없애기엔 무리였다.

만약 제대로 만든 얼음판이었다면 박살 나지 않고 그 둘을 받쳐주었을 테지만, 워낙 급박했기에 정신을 제대로 집중할 상황이 아니었다.

"아차, 베스티나!"

그레인은 같이 있어야 할 베스티나를 떠올리며 이름을 부르짖었다.

"베스티나! 어디 있습⋯⋯."

고개를 오른쪽으로 돌린 그레인이 화들짝 놀라며 몸을 일으켰다.

그의 오른손을 꽉 쥐고 있는 베스티나의 왼손.

그레인은 손을 풀고 베스티나의 상태를 급히 확인했다. 눈을 감고 있었지만, 코 근처에 가져간 손가락에서 내쉬는 숨이 닿았다.

그녀의 옷 여기저기가 찢기긴 했지만, 눈에 띄는 부상 부위는 없었다. 머리, 두 팔, 두 다리 모두 멀쩡하게 붙어 있었다.

"정말로 다행이야."

그레인은 베스티나의 무사함을 확인하고 숨을 길게 내쉬었다.

그러나 웃을 수는 없었다. 애초에 이런 상황이 되지 않게 사전에 막을 수 있었다는 생각에 화가 났기 때문이다.

'지진이 시작되자마자 툰드라를 구현해 일대를 꽁꽁 얼어붙게 만들었다면 쉽게 해결되었…….'

"으윽!"

옆구리를 엄습하는 고통에 그레인은 허리를 감싸 쥐면서 무릎을 꿇었다.

오른손을 축축하게 적신 피와 왼쪽 옆구리의 출혈을 뒤늦게 확인했다. 긴장 대신 찾아온 고통에 그레인의 이마에 땀이 송골송골 맺혔다.

"으음……."

눈을 뜬 베스티나가 앞머리를 쓸어 올리며 몸을 일으켰다.

"여기는… 어디지?"

머리가 멍했지만, 베스티나는 정신을 잃기 전까지의 기억을 돌이켜 봤다.

갑자기 지진이 일어났고, 코어를 붙들기 위해 자신도 모르게 달렸고, 그런 와중에 절벽이 무너져 내렸고, 그레인이 자신의 손을 붙들었고…….

죽음을 예감하고 눈을 감은 순간이 회상의 마지막이었다.

베스티나는 고개를 들어 절벽을 올려다봤다. 까마득한 높이에서 떨어졌음에도 살아 있음에 기뻐했지만, 그것도 잠시.

옆구리를 움켜쥔 그레인의 손가락 사이로 배어나는 피를

보는 순간 당황했다.

"괘, 괜찮아?"

"괜찮지… 않습니다."

그레인은 힘겹게 허리 주머니에서 지혈제와 붕대를 꺼냈다.

"나, 나에게 맡겨!"

베스티나는 수통의 물로 상처에 묻은 흙을 씻어냈고, 지혈
제를 바른 뒤 붕대를 옆구리에 감았다.

"여, 여기 포션……."

베스티나가 마개를 연 포션병을 떨리는 손으로 내밀자, 그
레인은 빠르게 낚아채더니 단숨에 들이켰다.

그레인은 고통에 인상을 찌푸리면서도 그녀의 얼굴을 주시
했다. 이렇게 말을 더듬는 베스티나를 보기는 처음이었다.

'나 때문에 그레인이 죽을 뻔했어.'

죽음에 나름 익숙해졌다고 해도, 그건 어디까지나 몬스터
나 적을 죽일 때.

동료나 가까이에 있는 이의 죽음에는 아직까지도 낯선 그녀
였다.

"저, 정말 미안해."

베스티나는 그레인을 바라보며 사과했다.

"나는… 그저……."

죄책감 때문에 그레인과 눈을 마주하기 힘든 그녀의 시선
이 한 곳에 머무르지 못했다.

이 상황을 어떻게 타개해야 할지 궁리해 봤지만, 머릿속에 떠오르는 말들은 아무리 좋게 봐야 변명밖에 안 되었다.

그렇게 주변을 두리번거리던 도중, 그녀의 시야 구석에 무언가가 들어왔다.

절벽 아래로 떨어지기 전까지 오른손에 움켜쥐고 있었던 코어였다.

"그, 그래도 이것 봐! 코어는 무사히 회수했으니……."

"지금 코어 따위는 중요하지 않습니다!"

웬만한 일에는 화내지 않는 그레인의 목소리가 커졌다.

"하마터면 죽을 수도 있었습니다."

"미안해… 너까지 휘말리게 해서 정말……."

"그게 아닙니다! 지금 제가 죽을 뻔해서 화내는 거라고 생각합니까?"

그레인이 절벽에 떨어질 위험에 처했던 베스티나에게 달려간 이유.

단순히 무의식적인 반응 때문이 아니었다.

자신의 눈앞에서 누군가 허무하게 죽는 걸 다시는 보고 싶지 않았기 때문이다.

"왜 그깟 코어 때문에 스스로를 위험에 빠뜨린 겁니까? 당신의 죽음을 대가로 코어를 회수한다면 다른 사람들이 기뻐할 거라 생각했습니까?"

"……."

베스티나의 평범한 왼쪽 눈과 빙룡의 눈동자가 이식된 오른쪽 눈이 동시에 깜박거렸다.

그레인이 명백하게 자신을 향해 화를 내고 있음에도 그녀의 기분은 나쁘지 않았다.

죄책감 대신 다른 무언가가 느껴졌지만, 지금은 그 느낌을 그대로 받아들일 수 없었다.

"모두에게 잊히고 싶습니까?"

회귀 직전, 아딜나는 그레인의 목숨을 구하고 대신 죽었다.

그로 인해 두 사람의 추억이 단 한 명의 일방적인 기억으로 바뀌었다.

회귀 전에는 알 수 없었던, 죽음이 지니는 또 하나의 의미.

그레인은 자신과 뜻을 같이한 이들이 목적지에 도달하지 못하고 먼저 사라지는 걸 원치 않았다.

전생과는 다르게 모두 함께 목표를 이루기를 바랐다. 실제로는 불가능한 일이라는 것을 알면서도.

"그러니까 앞으로는……."

순간 그레인의 고개가 옆으로 비틀거렸다.

의식이 흐려지면서 그레인의 시야가 뿌옇게 변했다.

"그레인? 그레인! 정신 차려!"

그레인이 다시 정신을 잃고 쓰러지자 베스티나가 그의 어깨를 붙들고 흔들었다.

그레인이 베스티나에게 했던 것과 똑같이, 이번에는 베스티나가 그레인의 상태를 살펴봤다.

다행히 숨은 쉬고 있었고, 별다른 이상을 보이지 않자 베스티나는 가슴을 쓸어내렸다.

이렇게 된 이상, 아직 허리의 상처가 회복되지 않은 상태이니 억지로 깨우지 않고 놔두기로 했다.

'이럴 때에는…….'

베스티나는 맥스와 나눴던 이야기를 문득 떠올렸다.

"아직 나이가 어려 정신적으로 흔들리는 경우가 많지만, 그레인보다 더 냉철한 판단력을 지녔다고 들었다. 어쩌면 제2의 듀란이 될지도 모르겠어."

맥스는 그레인과 나눴던 이야기를 언급하며 베스티나를 평가했다.

원래 그레인이 지녔던 힘은 화염.

전생에는 저돌적으로 선두에 나서서 싸웠고, 현생에서는 정반대의 힘을 얻었기에 차갑게 행동하려 했다.

그러나 감정을 억누르고 있는 것과 감정의 폭이 좁은 것은 명백히 다르다.

실제로 그레인은 아딜나에 대해서 완전히 이성적으로 대처하지 못했다.

반면 베스티나는 전생에 어떠했는지 모르지만, 현재는 냉기의 힘을 부여받았고 그에 맞는 성격으로 변화했다.

하지만 하이브리드로서의 삶과 일반적인 인간관계 모두 짧은 편이었기에 원래 성격과 다른 모습을 보여주곤 했다.

"이때다 싶으면, 스스로 판단해 봐라."

만약 그레인이 판단을 내리기를 주저하거나 판단할 수 없는 상황이 닥친다면, 직접 나서보라고 맥스는 말했다.

'그래, 그랬어. 나는 여태까지……'

베스티나는 그레인에게 너무 많은 것을 의존해 왔다.

많은 부분에서 부족하다는 이유로 그에 대한 의존을 합리화했다.

그레인은 그 나름대로 그녀의 '은인'이 되었기에 은인으로서의 의무에 충실했다.

하지만 이제는 다르다. 지금은 그레인에게 입었던 은혜를 갚아야 할 때다.

"그레인, 너는 나를 구해줬어."

베스티나의 양손에 냉기가 천천히 휘몰아치기 시작했다.

"한 번도 아니고, 두 번씩이나. 아니, 이번 것까지 합치면 세 번이네."

빚을 갚아야 한다고 매번 다짐하면서 정작 그에게 갚아야 할 빚이 늘어나기만 했다.

"네가 말했었지? 은혜를 베푼 자는 베푼 자로서의 의무를 다해야 한다고."

그레인이 구현한 얼음벽 위에 베스티나의 냉기가 덧씌워지면서 얼음벽이 더욱 견고해졌다.

"받은 자 역시 마찬가지야. 난 받은 자로서의 책임을 저버릴 수 없어. 지금은… 내가 너를 구할 차례야."

*   *   *

"……."

눈을 뜬 그레인의 시야를 어두컴컴한 하늘이 가득 메웠다.

"죽지는… 않았군."

다시 정신을 잃기 직전에는 이번에야말로 죽을지 모른다는 두려움에 사로잡혔다.

하지만 아직도 완전히 사라지지 않은 고통은 살아 있다는 증거. 그래도 극심했던 고통은 한결 나아져서 그레인 스스로 몸을 일으킬 수 있었다.

"음?"

진짜 밤이라면 없을 빛이 그레인의 시야 왼쪽에서 보였다.

"깼어?"

좀 떨어진 위치에서 모닥불을 피우던 베스티나가 그레인 쪽으로 걸어왔다.

"괜찮습니까?"

"그건 내 쪽에서 할 말이 아닐까?"

"그래도……."

베스티나의 흙먼지가 잔뜩 묻은 옷과 헝클어진 머리카락을 보고 그레인은 안쓰러움을 느꼈다.

반대로 그녀의 눈은 그 어느 때보다 생기로 가득 차 있었지만.

"이걸 좀 썼어. 단검은 손에 익지 않아서 고생 좀 했지만."

베스티나는 트윈 엣지 중 한 자루를 그레인에게 건네주었다.

그레인은 멍하니 베스티나의 손을 바라봤다. 뭔가에 베이고 긁힌 자국에 눈을 뗄 수 없었다.

"괜찮아?"

베스티나가 황급히 그레인을 부축하러 손을 내밀었지만, 그레인은 고개를 가로저으며 거절했다.

"아닙니다. 이젠 그럭저럭 버틸 만합니다. 그런데 시간이 얼마나 흘렀습니까?"

"아직 하루는 안 지났어."

"아무래도 빨리 구출되기는 힘들겠군요. 아, 다른 사람들은 어떻게 되었습니까? 설마 같이 지진에 휘말려서……."

"잠깐만."

자리를 뜬 베스티나가 미리 잘라놓았던 나무들을 모닥불에 집어넣고 돌아왔다.

몸을 따듯하게 할 필요는 없지만, 밤에는 주위를 밝힐 불은 필요했다. 처음에는 무엇으로 불을 피울까 고민하던 베스티나는 운 좋게 돌무더기 속에서 나무를 찾아냈다.

'또다시 어떤 일이 일어날지 모르는데, 다른 일행과 연락이 안 되니 참 답답하군. 베스티나가 도중에 말을 끊은 것도 마음에 걸려.'

그레인은 절벽 끄트머리를 향해 팔을 뻗어봤다.

당연히 닿을 리 없는 거리였고, 자신의 실없는 행동에 멋쩍어하는 그레인의 입술이 꿈틀거렸다.

"크루겐과 전하는 크게 걱정 안 해도 돼."

베스티나는 두 장의 쪽지를 그레인에게 보여줬다.

크루겐이 밧줄을 구하러 갔으니 조금만 더 버텨라.

내가 지켜보고 있을 테니 휴식을 좀 취하도록.

"저 위에 있습니까?"

"아마도 전하 혼자 계실 거야."

그레인은 다시 한번 고개를 들어 위를 쳐다봤다. 모닥불의 불빛이 닿지 않아 자세히는 안 보였지만, 절벽 끄트머리는 여전히 높기만 했다.

"그런데 어떻게 여기로 연락을 했죠?"

"쪽지를 돌에 묶어서 이쪽으로 던졌어."

"아, 그런 방법이 있었군요."

"나도 연락을 보내기 위해 얼음 창으로 날려볼까 시도해 봤는데, 그건 무리였어."

베스티나는 절벽의 절반 정도 높이에 박혀 있는 얼음 창들을 가리켰지만, 그레인에게는 어두워서 잘 보이지 않았다.

대신 근처에 박살 난 얼음 창 파편들이 눈에 띄었다.

"그런 것치고는 구현한 얼음 창의 수가 너무 많군요."

"일방적으로 연락만 받다 보니 답답해서 그냥 올라가 볼까 생각해 봤거든. 그런데 역시 무리였어."

베스티나는 돌 아래 숨겨둔 무언가를 바라봤다가 이내 시선을 다른 곳으로 돌렸다.

사실 펠릭스가 보낸 한 장의 쪽지가 더 있었지만, 일부러 그레인에게 보여주지 않았다.

너무 무리하지 말도록.

작은 얼음 창을 절벽에 촘촘히 박아 그걸 잡고 올려가려던 베스티나를 만류하는 내용이었다.

막상 혼자 끝까지 올라간다고 쳐도, 그레인과 함께 갈 수 없었기에 결국에는 포기했다.

대신 택한 방법은 바닥에 얼음을 계단처럼 층층이 까는 거였다.

크루겐이 가지고 올 밧줄의 길이가 짧을 경우를 대비해, 절벽과 현재 위치와의 거리를 최대한 줄이려는 그녀 나름대로의 노력이었다.

"아… 어쩐지 왜 모닥불이 아래에 있는지 의아해하던 참이었습니다. 전 지형 자체가 비스듬히 기울어져 있는 줄만 알았습니다."

냉기 자체에 익숙해져 있다 보니 지면이 얼음으로 뒤덮여 있는 걸 자연스럽게 여긴 탓이었다.

무엇보다 이식받은 코어의 특성상 냉기를 느끼기 힘든 육체라는 점도 컸다.

부상을 입은 상태에서 추위는 반드시 피해야 했지만, 그럴 필요는 없었다. 베스티나의 냉기가 상대적으로 미약했기에, 추위로 그레인의 체력이 소모되는 걸 막을 수 있었다.

"내가 너보다 약한 게 이런 식으로 도움이 될지는 몰랐어."

베스티나는 씁쓸한 표정을 지었지만, 이내 떨쳐내곤 억지로 웃음을 지었다.

그레인은 깍지를 낀 그녀의 양손이 애처롭게 보여 따라 웃을 수는 없었다.

"흐음… 아니, 아닙니다."

그레인은 하려던 말을 삼키고 모닥불을 바라봤다.

어설프게 위로하려고 했다가는 반대로 부담스러워할 것 같아서였다.

"우선은 푹 쉬도록 해."

"저는 그렇다 치더라도, 당신은 계속 깨어 있지 않았습니까?"

"어차피 하루 정도 밤새는 거야 별문제 없을……."

"우워워!"

절벽 위쪽에서 들린 함성 소리에 베스티나는 양쪽 귀를 틀어막았다.

"전하의 저 외침은 아무리 들어도 적응이 안 돼."

"전 다시 지진이 나는 줄 알았습니다. 그런데 전하에게는 웬만한 몬스터들은 접근도 못 할 텐데……."

"그쪽이 아니라 이쪽을 걱정하는 거 아닐까? 혹시 있을지 모르는 몬스터나 들짐승들이 다가오지 못하게 자리를 지키고 있는 거 같아."

"그렇군요."

그레인은 담담하게 대답했지만 입가에 옅은 미소가 피어올랐다.

펠릭스는 가능한 한 절벽 가까이에 서서 까마득히 아래에 있는 모닥불을 내려다보고 있었다.

그래도 안심이 되지 않아 한 시간 정도 간격을 두고 외침을 반복 중이었다.

'모두들 나 때문에 고생 중이로군.'

언제 다시 지진이 시작될지 모르고, 여전히 위기 상태임은 분명했지만 좌절하지 않고 각자 머리를 굴리며 대응하고 있었다.

항상 모두의 앞에 서던 자신이 짐이 되어버린 느낌은 낯설면서도 미안했지만, 동시에 고맙기도 했다.

현생에서 어릴 적부터 같이 지낸 크루겐은 예외로 친다면, 나머지 두 사람과의 미약했던 유대감이 굳건해지는 과정으로 보였기 때문이다.

"죄송합니다."

"응?"

"아까는 제가 너무 감정적으로 대응했습니다."

그레인은 예전 유적지에서의 첫 탐사를 떠올렸다.

위험천만의 상황에서 아슬아슬하게 빠져나온 크루겐을 던컨이 나무란 적이 있었다.

당시의 던컨이나 절벽 아래로 떨어진 후의 그레인이나 비슷한 반응을 보였지만 던컨 쪽이 훨씬 더 어른스럽게 대처했고, 그레인은 감정을 주체하지 못했다.

"역시 전 나이에 비해 철이 덜 들었나 봅니다."

그레인이 저자세로 나오자 베스티나는 어떻게 대답해야 할지 망설였다.

양쪽 무릎을 세운 자세에서 턱을 괴고서 고민하던 베스티나가 뭔가 떠오른 듯 고개를 들었다.

"솔직히 네가 화낼 때엔 정말로 무서웠어. 벤트 섬 시절의 네가 떠올랐거든."

"도리탄의 양팔을 박살 냈을 때의 저, 말입니까?"

"그것 때문만은 아니었어. 교관에게 혼날 때에도 너는 말로만 공손했고, 푹 숙인 고개의 눈빛은 정반대였거든."

"그랬습니까?"

"그때야 너에 대해 잘 몰랐으니까 그냥 넘어갔지만, 지금은 왜 그랬는지 이해가 가."

"무슨 의미인지 알겠군요."

그레인은 벤트 섬에서의 2년 동안, 의도하지 않았다 하더라도 교관들을 얕봤었다.

새롭게 얻은 냉기의 힘을 다루기 위해서 멜린다의 가르침만은 충실히 따랐다. 하지만 다른 부분에서는 전생에서의 무수한 실전을 경험한 그의 눈에 교관들이 하찮게 보인 건 사실이었다.

'일부러 감정 표현도 자제하면서 지냈는데, 티가 나긴 났었군.'

나름 억제하고 있었다고 여겼는데, 다른 수련생들의 눈에는 그렇게 비춰지지 않았음을 그레인은 뒤늦게 깨달았다.

"그렇지 않았으면 벤트 섬의 애들이 널 왜 두려워했겠어?"

"그렇겠군요."

"그런데 정말 안 자도 괜찮겠어?"

베스티나는 어두운 하늘 위에 떠 있는 달을 바라봤다.

어둠이 사라지고 날이 밝기에는 아직 멀었다.

"누군가 옆에서 말이라도 걸어줘야 밤새는 것도 수월할 겁니다. 그리고……."

그레인은 붕대가 감긴 옆구리를 쓰다듬었다.

"아파서 잠들기엔 무리입니다."

*　　　*　　　*

그레인과 베스티나.

회귀한 자와 그렇지 않은 자.

기억과 조금씩 달라지는 미래를 접하는 자와 흐르는 시간 모두가 새롭기만 한 자.

성별도 다르고, 겪어온 시간의 흐름도 다른 두 남녀의 이야기는 서로의 힘에 대해 논하는 걸로 시작되었다.

똑같이 냉기의 힘을 지녔지만, 각자 힘을 다루는 방식에 대해 그리 많은 대화를 나눈 적은 없었다.

아딜나의 저택에 머무를 때에도 둘은 같이 대련한 적이 없었다. 이는 그레인보다 뒤떨어진다는 베스티나의 열등감 때문이었다.

"결사대 모두가 저같이 뛰어난 코어를 이식받지는 않았습니다. 전생에도 그랬고, 현생도 마찬가지입니다. 결국 가진 힘을 어떻게 사용하느냐가 중요합니다."

다소 구태의연할 수도 있는 그레인의 위로로 시작된 대화는 둘 간의 활발한 의견 교환으로 이어졌다.

예전에는 정반대의 힘을 사용했던 그레인과 처음부터 냉기의 힘만을 다뤘던 베스티나.

둘은 자신의 생각이 미치지 못했던 부분을 집어주는 상대를 향해 고개를 끄덕이며 납득했다.

이따금 펠릭스가 포효할 때마다 대화의 흐름이 끊기긴 했어도, 언제 그랬냐는 듯 둘의 대화는 다시 이어졌다.

대화 내내 둘의 표정은 시시각각 변했고, 어느새 해가 지평선 너머로 모습을 드러냈다.

활활 타오르던 모닥불 안에는 새까만 재와 작은 불씨만이 남았다.

"언니들이 보고 싶어."

개개인에 대한 이야기로 화제가 옮겨가자, 베스티나의 눈가가 촉촉해졌다.

"아… 잠시만."

베스티나는 다급히 눈을 비비고선 고개를 들어 올렸다. 그녀의 눈은 허공을 향했지만, 머릿속에선 언니들과 함께 보냈던 시간들이 잔상처럼 떠오르고 있었다.

"괜한 우려를 했네. 다들 잘 살고 있을 거야."

그러나 말과 달리 베스티나의 마음속에는 그녀들에 대한 걱정이 가득했다.

거칠고 험난한 뒷골목을 떠난 지도 벌써 5년째.

그동안 그녀들이 살아 있기만 해도 다행이라고 여겼다.

하지만 억지로 눌러왔던 그리움이 해방된 탓일까.

베스티나의 얼굴에 드리워진 그림자는 좀처럼 사라지지 않았다.

"그 언니분들이 계신 곳이 드레이크를 만나러 가는 경로에서 멀지 않군요. 도중에 들러보는 건 어떻습니까?"

"하지만 내 개인적인 사정으로 일정을 바꾸기엔 좀… 게다가 우리들, 몰래 이동하는 중 아니었어?"

"어차피 뒷골목이니 뒷골목답게 은밀하게 오고 가면 그만입니다."

"마음만 받겠어."

이미 크나큰 실수를 저지른 판국에 더 이상 민폐를 끼칠 수는 없었다.

베스티나는 옆에 놔뒀던 코어 위에 손을 얹었다.

"나 말이야, 내가 왜 그랬는지 아직도 이해가 잘 안 돼."

"당신의 성격상 절대 하지 않을 행동이긴 했습니다."

코어를 확실히 포기하는 대신 지면을 냉기로 얼어붙게 만들어 동료의 탈출에 전력을 다하는 결정.

그것이 그레인이 알고 있는 베스티나가 택할 방법이었다.

몸을 던지면서 코어를 붙든 행동은 절대 고르지 않을 거라 여겼었다.

"결사대에 들어간 이후부터… 혼자서 생각을 많이 했었어. 회귀자가 아닌 내가 결사대에서 할 수 있는 역할은 무엇이 있을까에 대해서."

"지금 임무 수행 중 아닙니까?"

"아니, 그런 부분에서 말고. 나만이 할 수 있는 무언가를."

그레인의 강함에 자신을 견줄 때마다 느꼈던 열등감과 초조함. 그레인보다 앞서 나가기 위해서가 아니라, 최소한 동등하게 나가고자 했던 욕구.

그런 것들이 쌓이고 쌓인 결과에 베스티나는 한숨을 내쉬었다.

"휴우, 그래서 조급했던 것 같……."

툭.

지면을 덮고 있던 얼음 바닥 위로 돌이 떨어졌다.

"저기를 봐! 위! 위!"

"크루겐… 아닙니까?"

밧줄로 절벽을 타고 내려오던 크루겐이 그레인을 향해 오른손을 흔들었다.

그레인과 베스티나가 대화에 열중하는 사이, 크루겐은 절벽의 절반 부근까지 내려온 상태였다.

크루겐은 마음 같아서는 쭉 미끄러지듯 내려가고 싶었지만, 만약을 대비해 조심스럽게 조금씩 내려오는 중이었다.

그레인은 간신히 상체만 일으킨 자세로 크루겐에게서 눈을 떼지 않았다. 그가 무사히 절벽 아래에 있는 얼음판에 발을 딛을 때까지.

"으, 추워! 분명히 가을인데 여기만 얼음 왕국이네."

몸을 수그리고서 벌벌 떠는 크루겐의 입에서 입김이 뿜어져 나왔다.

"이야기는 나중에 하고, 둘 다 내 손이나 잡으라고."

크루겐은 양손을 그레인과 베스티나를 향해 내밀었다.

*   *   *

크루겐의 기술, 다크 터널로 단숨에 펠릭스가 있는 곳으로 이동한 그레인 일행은 언제 다시 찾아올지 모를 지진을 피해 다급히 출발했다.

그레인은 마부석 옆자리가 아닌 짐칸에 누워 잠에 빠졌고, 대신 베스티나가 크루겐 옆에 앉았다.

말을 모는 크루겐은 평소와 달리 웃음기 하나 없는 얼굴이었다.

정면만을 바라보며 입을 다물고 있는 크루겐을 곁눈질한 베스티나의 어깨가 절로 움츠러들었다.

"베스티나."

크루겐의 부름에 베스티나의 어깨가 움찔거렸다.

"원래는 너에게 잔소리 좀 할 작정이었는데, 아마도 그레인이 이미 질리도록 했을 것 같고…….”

크루겐은 왼손으로 목뒤를 어루만지며 난감한 표정을 지었다.

“사실 내가 쓸데없이 여유를 부린 게 원인이니, 내가 누굴 탓할 입장은 아니지. 나는 앞으로 좀 더 조심할 테니까, 너는 욕심 부리지 마.”

원래는 최소 한 시간은 넘게 베스티나에게 설교할 작정이었다. 그러나 밤새 한숨도 안 자고 그레인을 보호했다는 펠릭스의 말에 그럴 기분이 싹 사라졌다.

무엇보다 충혈된 그녀의 눈을 보고 있자니 안쓰럽기까지 했다.

“내가 할 말은 그게 다야.”

말을 마친 크루겐이 말고삐를 살짝 내려쳤다.

“휴우…….”

긴장이 풀린 베스티나의 고개가 위아래로 까닥거렸다.

눈꺼풀에 힘을 주며 몰려드는 잠을 참으려고 했지만, 어느새 눈은 다시 감겼고 고개를 까닥거리기 시작했다.

“베스티나.”

짐칸에서 마부석 쪽으로 등을 기대고 있던 펠릭스가 입을 열자, 베스티나는 감았던 눈을 활짝 뜨며 허리를 폈다.

“네! 전하.”

“긴말 않겠다. 내가 하고 싶은 말은 쪽지에 다 했으니.”

"명심하겠습니다."

그레인에게 보여주지 않았던 쪽지의 내용을 되새기며 베스티나는 고개를 끄덕였다.

"그리고 억지로 마부석에 있을 필요는 없다. 크루겐, 베스티나도 짐칸에서 재우는 편이 낫지 않나?"

"우선 어디 좀 들르고요. 확인할 게 있어서요."

"오래 걸리나?"

"거의 다 왔습니다."

길 양옆을 두리번거리던 크루겐은 뭔가를 발견하고 마차를 천천히 멈춰 세웠다.

"그레인, 나올 수 있겠어?"

잠시 후, 그레인이 베스티나의 부축을 받으며 짐칸에서 나왔다.

"좀 걸어야 할 텐데 괜찮겠어? 힘들면 남아 있어도 돼."

"그 정도까지는 아니야. 그런데 무슨 일이지?"

"아까 밧줄을 구하느라 유적지를 뒤지던 도중, 이런 걸 발견했거든."

크루겐은 낡은 지도 한 장을 그레인이 볼 수 있도록 세로로 펼쳐 들었다.

"이건?"

"유적지에서 바깥으로 이어지는 지하 통로의 지도야. 운 좋게 찾았어."

지도에 표시된 지점은 유적지 중앙과 동쪽으로 멀리 떨어진 곳, 단 두 개.

그러나 두 지점 사이를 잇는 곡선들이 여러 갈래로 복잡하게 꼬여 있었다.

"내 추측이지만 던컨 교관님은 이 통로로 시련을 받지 않는 하이브리드를 탈출시킨 것 같아."

"통로의 존재를 눈치채고 추적하려 해도 지도가 없는 사람은 도중에 헤맬 수밖에 없는 구조로군. 그런데 굳이 이곳을 수색할 필요가 있을까?"

"탈출한 이들 중에 결사대원들도 있지 않을까 싶어서 그래. 다들 도망친 지 오래전이겠지만, 옛 동료들이라면 근처에 단서 같은 걸 남기지 않았을까?"

"그럴 수도 있겠군. 하지만 지진 때문에 다 무너졌을 거 같은데."

"그렇다면 출구 쪽만 뒤져보자. 운이 좋으면 아직 만나지 못한 동료들의 단서를 찾을 수도 있잖아? 안 나오면 어쩔 수 없고. 베스티나, 넌 어떻게 생각해? 전하는요?"

크루겐의 설득에 세 명은 모두 고개를 끄덕거리며 그를 뒤따라갔다.

5분 정도 수풀을 헤치며 숲 안으로 들어간 그들의 눈앞에 작은 동굴 입구가 모습을 드러냈다.

예상과 달리 출구 쪽은 멀쩡했다.

"어? 안 무너졌네? 어찌 된 일이지?"

지진 때문에 혹독하게 고생했던 기억에 일행 모두는 두려움을 느꼈지만, 조심스럽게 주위를 살피며 출구 안쪽으로 들어갔다.

"잠깐, 이건 설마⋯⋯."

베스티나가 뭔가를 느끼고 동굴 안쪽과 바닥에 손을 가져갔다.

손을 뻗어 천장을 매만지는 순간, 추측은 확신으로 바뀌었다.

"얼핏 보면 평범한 동굴처럼 보이지만, 마나의 장벽으로 동굴 안쪽이 둘러싸여 있어."

"마나의 장벽이? 그것만으로도 지진을 버틸 수 있단 말이야?"

"지진의 근원지는 유적지 부근이었으니, 그쪽 말고는 이곳처럼 안 무너졌을 수도 있어."

"오, 그러면 안심하고 안으로 들어가도 되겠네?"

"크루겐, 그래도 혼자 가는 것보단 누군가 같이 가는 편이 좋아."

냉큼 안으로 들어가려던 크루겐의 팔을 그레인이 붙들었다.

"어차피 안은 어두우니 나 혼자 둘러보는 게 편해."

크루겐은 코 위로 머플러를 살짝 잡아 올리더니 어둠 속으로 사라졌다.

남은 세 명은 출구 부분을 탐색하기 시작했다. 펠릭스가 횃불을 들고 나머지 둘이 불빛이 닿는 곳을 꼼꼼히 살펴봤다.

"전하, 잠시만 불을 아래쪽으로⋯⋯."

무언가를 발견한 베스티나가 횃불 아래 어두운 부근을 가리켰다.

어둠 속에서 횃불이 흔들리며 아래로 내려가자, 흐릿하게 보였던 글자가 선명해졌다.

"이것은⋯⋯."

고마워요.

이 은혜는 평생 잊지 않겠습니다.

절 인간으로 대해주셔서 정말 감사합니다.

다시 만나게 되면 은혜를 반드시 갚겠습니다.

감사의 대상이 구체적으로 표시되지 않았지만, 자신들을 구해준 이를 보호하기 위해서 일부러 감춘 듯한 느낌이었다.

"나는 너희들이 말한 그 사람을 직접 본 적은 없지만, 어떤 사람인지는 알 수 있을 것 같아."

'던컨 교관님이 정말로⋯ 그래, 그랬군.'

전생에는 노예처럼 취급받았던 자신을 인간으로서 대해준 몇 안 되는 사람 중 하나.

그레인은 말없이 동굴 벽에 적힌 글씨를 손끝으로 더듬었다.

그와 함께 있었을 때 느낀 고마움을 이런 곳에서 다시금 깨닫게 될 줄은 미처 몰랐다.

베스티나와 펠릭스는 그레인을 놔두고 출구 안을 조용히 수색했지만, 결국 그 글씨 말고는 특별한 건 발견되지 않았다.

"쳇, 안쪽은 막혔어. 동료들의 단서도 못 찾았고. 괜히 시간만 낭비했네."

투덜거리는 소리와 함께 크루겐이 동굴 안쪽에서 걸어 나왔다.

"뭘 그렇게 보고 있어?"

크루겐은 그레인의 어깨 너머로 고개를 쓱 들이밀었다.

그레인은 말없이 벽에 적힌 글씨를 가리켰다.

"어? 설마……."

크루겐은 눈을 크게 뜨고선 눈동자를 좌에서 우로 반복해서 움직였다.

글을 쓴 이가 누군지는 크루겐도 몰랐지만, 누구에게 감사하고 있는지는 알 수 있었다.

"던컨 교관님, 생각보다 훨씬 좋은 사람이었구나."

"그래, 우리가 미처 몰랐던 거야."

"이깟 코어보다 소중한 건 각자의 목숨이다."

그레인과 크루겐은 첫 유적 탐사 때를 회상하며 감회에 젖었다.

둘의 뒤에 선 베스티나는 펠릭스에게서 건네받은 횃불로 벽을 밝혀주었다.

둘이 계속 그 글씨를 볼 수 있도록.

*   *   *

유적지에서 예상치 못했던 위기를 극복한 그레인 일행은 빠르게 남쪽으로 이동했다.

도중에 베스티나가 살았던 도시 근처를 지나가게 되자, 그레인은 다시 한번 베스티나를 설득했다. 여기까지 온 김에 잠시라도 아는 사람들을 만나보고 오는 건 어떠하겠냐면서.

그러나 그녀는 아직 때가 아니라며 거절했다.

마차 짐칸에 몸을 숨긴 베스티나는 아무렇지 않은 표정으로 추억의 장소를 지나쳤다.

혹시라도 아는 이를 보게 되면 미련이 생길까 봐 마차 밖으로 얼굴 한번 내밀지 않았지만, 마음은 예상보다 무겁진 않았다.

절벽 아래에서 그레인과 같이 보낸 시간 덕택이었을까.

베스티나는 이전의 미숙함을 많이 떨쳐낸 모습이었다. 장점은 유지한 채, 단점을 줄이는 식으로.

결국 베스티나의 고향을 그냥 지나친 그레인 일행은 마차를 타고 이동하는 사이사이 숨겨진 코어를 모두 회수했다.

남은 것은 넓은 바다에서 드레이크를 찾아내는 일뿐이었다.

＊　　　　＊　　　　＊

카르디어스 신성력 1398년 10월 15일.

그레인이 항구에 정박 중인 배의 돛대 끝부분을 올려다보고 있었다.

"정말 크군."

"이 정도 되는 배를 아무렇지 않게 구매할 줄은 몰랐어. 전하의 주머니 안의 보석들은 언제 동이 날까?"

펠릭스가 가지고 있던 보석들로 구매한 상선을 바라보던 크루겐이 혀를 내둘렀다.

처음에는 눈에 띄지 않도록 작은 배를 구해서 드레이크의 본거지인 델타 섬으로 갈 예정이었다.

그러나 항구에서 수소문한 결과, 드레이크는 델타 섬에 거의 들르지 않고 바다 위에서 대부분의 시간을 보낸다는 이야기를 접했다. 게다가 델타 섬으로 가기까지 마주쳐야 할 다른 해적들이 너무 많다는 이야기까지 듣자, 다른 방법을 택했다.

드레이크가 그레인 일행이 탄 배로 알아서 오도록 유도하는 것이었다.

드레이크는 해적을 상대로 약탈을 하는 해적이었기에 그를 불러들이려면 우선 약탈 중인 해적선이 있어야 한다. 그리고 해적이 나타나려면 '약탈을 당할' 배가 필요했다.

물론 수준급의 하이브리드를 네 명이나 태운 배가 쉽게 약탈당할 리 없겠지만.

"우리, 옛날 생각난다."

그레인의 옆에 나란히 서 있던 크루겐이 가볍게 미소를 지었다.

"옛날? 드레이크의 해적선을 처음 탔을 때?"

"아니, 전생 말고 현생. 벤트 섬을 오고 갈 때 배를 탔었잖아."

"난 섬으로 갈 때엔 실신 상태여서……."

그레인은 배에 관련된 가장 최근의 기억을 떠올려 봤다.

벤트 섬을 떠나는 자신을 태운 배와 벤트 섬으로 들어가던 배가 교차하던 순간이었다.

앞으로 펼쳐질 변화한 미래에 대해 고심하던 때가 벌써 2년 가까이 흘러간 과거가 되어버렸다.

"꽤 기나긴 항해가 될지도 모르겠군."

"다시 배를 타려니까 벤트 섬에 있었던 일들이 마구 떠올라. 이스트라 교관님은 지금 어디에 계실까?"

"……."

"그리고 던컨 교관님도. 두 분 다 무사하셔야 할 텐데."

제5장

고대의 마수

카르디어스 신성력 1398년 10월 30일.

한 척의 상선이 푸른 바다를 유유히 가르며 전진 중이었다.

그레인은 배의 선수에 홀로 서서 말없이 정면을 응시했다.

사방에는 온통 푸른 바다만이 보였고, 소금기가 섞인 바람이 그의 등 뒤에서 불어왔다.

드레이크를 찾아 항해를 시작한 지 보름째.

이전까진 마차를 타고 다급히 이동했기 때문일까. 상대적으로 느린 속도의 배 위에 있다 보니 마음이 차분해지는 느낌이었다.

"또 여기에 있었구나."

여성치고는 딱딱한 목소리가 그레인의 뒤에서 들렸다.

베스티나는 귀밑머리를 매만지며 그레인의 오른편에 섰다.

배에 탄 이후 바닷바람 때문에 매번 머리가 헝클어지다 보니 머리 모양을 바꾸었다.

뒷머리를 하나로 묶고 양쪽 볼 아래로 귀밑머리를 길게 내린 모습에 근처를 지나가던 선원들의 시선이 쏠렸다.

"지금은 딱히 할 일이 없으니까요."

남들의 눈을 피해 긴장하며 마차로 이동했던 때와 달리, 지금은 다른 배를 하루에 한 번 만나기도 힘든 상황이었다.

그만큼 주변을 신경 쓸 걱정은 없어 평화로운 편이었다. 베스티나가 이전까지 배를 탔을 때완 전혀 달랐다.

"너는 배를 타도 평상시와 똑같구나."

"요 근래 제가 평소와 좀 다르긴 했죠. 끝없이 이어지는 바다를 보고 있으니 좀 안정되는 느낌입니다."

"난 벤트 섬으로 갈 때나, 벤트 섬을 떠날 때나 신경이 곤두서 있었어."

베스티나는 그레인과 같은 방향을 쳐다보며 말을 이었다.

"코어의 이식 과정에서 같이 온 100명 중 단 10명만 살아남은 상황이었으니까. 피투성이가 되어 석판 위에 쓰러진 애들의 얼굴을 당시엔 도저히 잊을 수가 없었지. 그리고 섬을 떠날 때엔……."

베스티나는 그레인 쪽을 힐끗 쳐다보면서 귀밑머리를 손가락으로 감아 올렸다.

"누가 보냈는지 알 수 없는, 그런 내용이 적힌 쪽지를 읽은 직후였으니 잠을 설칠 수밖에 없었지. 뱃멀미도 좀 있었고."

"지금은 괜찮습니까?"

"선원들이 준 약을 먹으니까 괜찮아졌어."

그레인은 그런 의미로 괜찮냐고 물어본 건 아니었지만, 그냥 가볍게 웃으면서 넘어갔다.

선원들은 고생하지 않았지만 처음 배를 탄 사람들은 대부분 승선한 날부터 드러누웠다.

그래도 멀미약 덕분에 다음 날부터는 대부분 기력을 찾았지만, 모두에게 통하는 건 아니었다.

"으음……."

침실에서 나온 펠릭스의 입에서 신음이 흘러나왔다.

그를 따라 갑판 위로 나온 크루겐이 걱정스러운 눈빛으로 펠릭스를 올려다봤다.

"괜찮아요? 약 더 가져올까요?"

"필요 없다. 여전히 속이… 메스껍군."

뱃멀미로 매일 밤새다시피한 펠릭스는 인상을 찌푸리며 배를 어루만졌다.

갑판 위를 청소 중이던 선원들이 펠릭스를 알아보고 급히 달려왔지만, 펠릭스는 손짓으로 모두 물러나라고 지시했다.

"난 됐으니 각자의 일에 충실해라. 이건 누가 걱정해 준다고 해결될 일이 아니다."

"전하! 괜찮으십니까?"

선원들이 불러온 선의가 허겁지겁 펠릭스를 쫓아갔다. 이전에 줬던 것과 똑같은 멀미약을 꺼내자 펠릭스는 손사래를 쳤다.

"전하가 멀미로 고생할 줄은 상상도 못 했어."

"확실히 의외이긴 하죠."

그답지 않게 비틀거리며 선미 쪽으로 걸어가는 모습은 몇 번이나 봐도 이색적이었다.

"그런데 우리들의 원래 목적은 드레이크란 남자를 만나러 가는 거, 맞지?"

"네."

"저걸 보고 있자니 우리들이 해적 같아 보여."

베스티나는 갑판 여기저기에 쌓인 짐들을 가리켰다.

대륙의 남부 해역은 유독 해적이 많기로 악명 높은 곳이다.

펠릭스가 산 거대한 상선이 바다를 가르는 모습을 해적들이 그냥 보고 지나칠 리 만무하다.

그러나 상선을 습격한 해적들은 오는 족족 역으로 털렸고, 해적에게서 '약탈'한 물건들로 빈 창고 안이 채워졌다.

급기야는 창고가 부족해질 정도라 결국 갑판 위에 쌓아두는 형편이었다.

"슬슬 그녀석이 나타날 때가 되지 않았나 싶은데……."

그레인은 해도를 펼치더니 현재 상선의 위치를 손가락으로 짚었다.

지금 지나가는 해역은 해적들의 약탈이 빈번한 곳으로, 반대로 말하면 드레이크가 가장 많이 출몰하는 지역이기도 하다.

"드레이크는 어떤 사람이지?"

"하이브리드라 생각되지 않을 정도로 엄청 쾌활합니다. 사실, 말로 설명하는 것보단 직접 보면 제가 한 말을 이해할 수……."

"해적이다!"

돛대 위에서 망을 보던 선원의 외침에 모두의 시선이 쏠렸다.

"또 해적이야? 아오, 지겨워죽겠네."

침실로 돌아가 낮잠을 자려던 크루겐이 투덜거리며 도로 갑판 위로 올라왔다.

펠릭스는 헛구역질을 반복하면서 그레인을 향해 걸어왔다.

항해를 시작한 이후 네 번째 만나는 해적선.

해적을 발견했다는 외침 이후 별다른 반응이 없는 걸로 보아, '일반적인 해적'임이 분명했다.

"아, 또 추워지겠네. 털옷이라도 준비해 올 걸 그랬어."

크루겐은 해적선을 발견한 후 매번 거치는 과정을 떠올리며 어깨를 양손으로 감쌌다.

대부분의 해적단은 용이한 약탈을 위해 마법사를 고용하곤 한다.

목표로 삼은 배가 도망치지 못하게 옭아매는 게 최우선.

마법으로 배의 주변을 일시적으로 얼려서 옴짝달싹 못 하게 한 뒤 접근해 약탈하는 방식이었다.

일반적인 배라면 해적선을 보자마자 부리나케 반대 방향으로 뱃머리를 돌렸겠지만, 펠릭스의 상선은 흔들림 없이 가던 방향을 고수했다.

해적선들과 상선과의 거리가 어느 정도 가까워지자, 바다를 가르며 전진하던 상선의 속도가 느려지더니 수면 위에 멈췄다. 해적선에 타고 있는 마법사가 구현한 냉기가 상선 주위의 바닷물을 얼렸기 때문이다.

"얼어붙었네."

"얼어붙었군요."

그러나 선원들은 일체의 긴장 없이 배 주위를 둘러싼 빙판들을 우두커니 내려다볼 뿐이었다.

앞서 세 번 있었던 해적선들과의 조우 이후 일이 어떤 식으로 진행되었는지 알고 있었기에.

"우선 이 얼음들을 깨야겠군요."

"이번에는 내가 해볼게. 저 정도 얼음이라면……."

빙판 위에서 흘러나오는 냉기에 베스티나는 조금도 추위를 느끼지 못했다.

냉기에 한해선 상대의 마법사가 자신보다 뒤처진다는 확신이 든 베스티나가 배 정중앙으로 걸어갔다.

베스티나가 두 손을 모으자 수정구가 손바닥 위로 떠올랐다.

냉기가 수정구 안으로 빠른 속도로 모이기 시작하면서 푸른빛이 퍼져 나갔다.

잠시 후, 베스티나의 머리 위로 여섯 개의 길쭉하고 날카로운 얼음 창이 형성되었다.

파바박!

각자 다른 방향으로 날아간 얼음 창이 빙판에 박히자, 균열이 사방으로 퍼져 나갔다.

콰콰쾅!

동시에 얼음 창이 폭발하면서 박살 난 빙판 조각들이 수면 위로 솟구쳤다.

상선이 출렁거렸지만, 이미 몇 차례 겪은 터라 동요하는 선원들은 없었다. 무수히 작은 조각으로 나뉜 빙판이 수면 아래로 사라지는 과정을 담담하게 지켜볼 뿐이었다.

반면, 해적선을 지휘하던 선장의 안색이 새파랗게 질렸다.

"이봐! 저건 뭐야?"

해적선의 선장은 덜덜 떠는 손으로 상선을 가리켰다.

"내가 지금 헛것을 본 거 아니지? 저쪽에도 마법사가 타고 있는 건가?"

"그, 그런 것 같군요."

해적단에 고용된 마법사는 말을 더듬으며 당황했다.

"마법사를 고용할 정도로 비싼 물건을 싣고 있었나? 크긴 하지만 화려한 배는 아닌데."

"우, 우선은 우선 지켜보기로 하죠."

전혀 예상 밖의 상황에 처한 마법사는 상대가 어떻게 나오는지 관찰한 뒤 반격하기로 마음먹었다.

한편, 그레인 쪽에선 제대로 된 반격을 준비 중이었다.

"이번엔 우리 쪽에서 돌려줄 차례지? 그레인, 부탁해."

"알았어."

상선을 노리고 접근한 해적선은 총 세 척.

목표를 정한 그레인은 두 눈을 감았다.

'우선 빙판을 만들고……'

그레인은 어느 장소에, 어떤 형태로, 무엇을 구현할지에 대해서만 떠올리며 정신을 집중했다.

잠시 후, 해적선에 타고 있던 마법사보다 훨씬 빠른 속도로 구현된 빙판에 해적선들 모두가 옴짝달싹 못 하게 되었다.

'휴, 좋아. 그동안 바다를 상대로 연습한 덕분에 생각보다 수월했군.'

빙룡의 어금니로 구현할 수 있는 잠재 기술, '툰드라'는 이전까지 그레인을 중심으로 한 커다란 원 형태로 구현되었다.

하지만 지금 그레인이 시도한 툰드라는 원이 아니라 그가 바라보는 방향으로 부채꼴 모양으로 뻗어나갔다.

"너의 잠재 기술을 좀 더 다양한 방식으로 구현하는 건 불가능할까?"

절벽 아래로 떨어졌을 때 베스티나와 나눴던 이야기에서 힌트를 얻은 덕분이었다.

냉기를 더욱 증폭시키는 툰드라를 구현시킨 그레인은 트윈 엣지를 꺼내 빙판 위에 던졌다.

팍! 팍!

그레인과 트윈 엣지를 연결하고 있는 두 개의 와이어를 통해 냉기가 빙판 위에 전달되었다.

"으아악!"

"이, 이게 뭐야?"

해적들은 고함과 비명을 지르며 혼비백산했다.

"당황하지 마라!"

"이런 건 본 적도 없다고요! 으으… 추워!"

해적선들 사이에 빙하가 솟아오르면서 해적들은 두려움에 떨었다.

게다가 빙하에서 뿜어져 나오는 냉기에 '다른 의미'로 떨기 시작했다.

"말도 안 돼! 고작 일개 상선에 저 정도나 되는 마법사가 타고 있을 줄이야……."

상선은 어디까지나 교역으로 이윤을 남기기 위한 배다.

해적의 습격을 막기 위해 용병이나 마법사를 고용하는 경우는 있지만, 이렇게 강한 마법사를 고용하는 경우는 사실상 거의 없다.

이윤보다 더 큰 고용비를 지불할 수는 없는 법이니까.

"그것도 두 명씩이나."

마법사는 무릎을 꿇으면서 좌절했다.

그의 머릿속에는 방금 전까지 있었던 여러 방법들이 완전히 무용지물이 되어버린 순간이었다.

한편 상선의 선원들은 갑판 위에서 가볍게 몸을 풀고 있었다.

전투를 준비하기 위해서가 아니라, 짐을 들기 위한 준비운동이었다. 애초에 무기를 든 선원들은 한 명도 없었다.

"선장님, 일 마치면 신호 보낼 테니 짐 가지러 오세요."

"알겠네."

빙판 위로 내려온 크루겐의 부탁에 선장은 고개를 끄덕거렸다.

펠릭스가 걸어가도 깨지지 않을 정도로 두껍게 형성된 얼음길 위로 네 명이 해적선을 향해 걸음을 옮겼다.

휘이잉.

베스티나의 오른쪽 눈동자가 빛을 발하면서 눈보라가 휘몰아쳤다.

그녀는 빙룡의 눈동자로 구현 가능한 잠재 기술, 빙안을 시전하면서 걸어갔다.

혹시라도 배 위에서 내려 자신들에게 달려들 해적들을 막겠다는 심상이었다.

"베스티나, 굳이 그럴 필요는 없어 보입니다."

그레인은 해적선 위에서 망연자실한 해적들을 가리켰다.

"알았어."

베스티나는 오른쪽 눈을 감았다 뜨면서 빙안을 중지했다.

"그래도 혹시 몰라. 저렇게 기죽은 척하다가 반격할 수도 있잖아? 조심해서 나쁠 건 없어."

"그렇긴 하지."

"전하, 먼저 겁부터 주는 건 어떨까요?"

"거리는 충분하지만… 속이 안 좋아서 잘될지 모르겠군."

스르륵.

펠릭스는 전신에 감고 있던 영겁의 사슬을 풀어 양손에 쥐었다.

그의 머리 위에서 빙빙 회전하던 영겁의 사슬이 해적선을 향해 빠르게 뻗어나갔다.

쿵!

단 한 번의 공격에 박살 난 돛대가 빙하 위로 쓰러졌다.

"이 정도면 충분한가?"

"넵, 그러면 올라가 보죠."

그레인 일행은 얼음으로 만들어진 계단을 통해 해적선 위에 올라탔다.

"뭣들 하느냐! 당장 저놈들을 막아라!"

해적선장의 외침에 해적들이 무기를 들고 그레인 일행을 향해 달려갔다.

하지만 펠릭스가 고개를 드는 순간, 해적들의 동작이 일시에 멈췄다.

"히익!"

"괴, 괴물이다!"

펠릭스의 등장에 해적들은 아예 무릎을 꿇더니 몸을 웅크렸다. 혹시라도 눈이 마주칠까 봐 머리를 감싸 쥐며 벌벌 떨었다. 바닷물에도 뛰어들고 싶었지만, 주변이 빙하투성이라 도망조차 불가능했다.

"선장은 누구지?"

펠릭스의 물음에 해적들은 여전히 몸을 웅크린 채로 손만 내밀어 같은 방향을 가리켰다.

"살려만 주십시오!"

부하들 사이에 숨어 있던 해적선장은 겁에 질린 목소리로 애원했다.

펠릭스는 울부짖는 해적선장을 무표정한 얼굴로 내려다보았다.

"여기 있는 것 모두 가져가셔도 됩니다! 그러니 제발 목숨만은……!"

"필요한 게 있다."

"말씀만 하십시오! 마침 이전에 턴 배에서 얻은 보물들이 있으니……!"

"그것보단 잘 통하는 멀미약이 있으면 좋겠군."

"네?"

*　　　　*　　　　*

"계속 짐만 늘어나는군. 더 큰 배를 살걸 그랬나……"

"전하, 이렇게 된 김에 해적단 하나 창설해 보는 건 어떨까
요?"

펠릭스와 크루겐은 더 높이 쌓여가는 갑판 위의 짐들을 바
라봤다.

이대로라면 아예 해적들의 씨가 말라 버리지 않을까 하는
쓸데없는 걱정까지 들었다.

"그것보단 멀미를 해결하는 제대로 된 방법부터 알고 싶다."

펠릭스는 메스꺼운 속을 원망하며 길게 한숨을 내쉬었다.

해적선의 선장이 손수 가져다준 멀미약을 들이켠 지 오래
지만, 쓴맛에 인상만 찌푸려졌을 뿐 효력은 전혀 없었다.

"아, 그레인. 드레이크의 해적단에 대해서는 물어봤어?"

"워낙 신출귀몰한 집단이라 자신들도 모른대."

막 상선으로 돌아온 그레인은 해적선장을 추궁한 결과가
시원찮다는 통보를 했다.

"그런데 전하, 굳이 해적들의 물건을 가지고 올 필요가 있긴
하나요?"

"안 그러면 도망친 뒤 다른 배들을 털 거다. 우리가 출발한 항구에는 베릴란트 왕국과 거래하는 상선이 적지 않다."

"하긴, 여태까지 한 것처럼 무기까지 깡그리 터는 게 낫겠네요. 안 그러면 저 해적들을 모두 수장시켜야 할 텐데, 그건 좀……."

"해적입니다!"

"뭐야? 또?"

돛대 위의 외침에 크루겐은 완전히 질렸다는 얼굴로 투덜거렸다.

해적을 턴다는 나름 일탈적인 행동에 처음에는 신이 났었지만, 네 번이나 반복되다 보니 지루해졌다.

"아… 몸 쑤신다."

"이젠 좀 쉬자고요……."

"추가 수당도 더 이상 필요없다고요……."

막 짐을 다 옮겼는데, 또 힘을 쓸 일이 생길 거라는 예상에 선원들의 입에서 맥 빠진 목소리가 흘러나왔다.

"아, 해적이 아닙니다!"

"잉? 그러면 뭔데?"

"크, 크라켄 해적단입니다!"

해적이지만, 해적이 아닌 집단.

크라켄 해적단 특유의 깃발이 바람에 펄럭거렸다.

"그레인, 저것들 좀 치워줘! 저 배들이 올 수 있게!"

"알았어!"

그레인이 급히 냉기를 거두자 빙하들이 서서히 바닷물 아래로 침몰하더니 자취를 감췄다. 툰드라로 구현되었던 얼음길도 같이 사라졌다.

그레인 일행은 침묵 속에서 크라켄 해적단이 다가오기를 기다렸다.

총 다섯 척의 배 중, 한 척의 배가 상선에 가까이 접근하더니 기다란 나무판을 배 사이에 걸쳤다.

나무판을 타고 걸어오는 사람은 단 한 명.

20대로 보이는, 제독치고는 꽤 젊어 보이는 청년이 상선 위에 발을 디뎠다.

크라켄 해적단의 소문을 익히 들어 알고 있는 선원들은 조금씩 앞으로 나오며 청년을 주목했다.

해적들을 상대로 해적질을 벌이는 소문의 주인공이 어떤 인물인지 확인하기 위해서.

"흠흠."

청년은 헛기침을 하며 분위기를 살폈다.

바로 그때, 청년을 둘러싼 선원들을 헤치고 상선의 선장이 정중하게 인사를 건넸다.

"소문의 크라켄 해적단을 뵙게 되어 반갑습니다. 제독님이 맞으십니까?"

"아, 제가 크라켄 해적단의 제독은 맞습니다. 맞긴 한데요,

저 혹시……."

청년은 말끝을 흐리면서 그레인 일행보다 앞에 서 있는 상선의 선장을 넌지시 바라봤다.

"동업자이신가요?"

"……."

예상 밖의 질문에 상선의 선장은 할 말을 잃었다.

"사실 제가 하는 일이 꽤 특이해서 말이죠, 동업자를 만나게 되니 솔직히 반갑습니다. 계속 이 일을 하신다면 경쟁보단 협력 관계가 낫지 않겠어요?"

"그게 아니라……."

"어이쿠! 정말로 많이 터셨네요. 저희 해적단보다 더 소문나겠는데요?"

청년은 상선의 선장을 이미 훌륭한 동업자로 간주하고 말을 줄줄 늘어놨다.

선장은 뒤에 있는 펠릭스의 눈치를 보며 어떻게 해야 할지 당황했다.

그러나 청년은 아랑곳하지 않고 혼자서 말을 이어나갔다.

"기왕이면 서로 얼굴 붉힐 일 없이 수수료 배율이나 그런 것도 맞추는 게 좋겠죠? 어느 정도로 책정 중인가요? 저는 참고로 20%를 고수 중입니다만."

"그게 아니라! 이름이 드레이크, 맞으십니까?"

"네, 넵."

"제독님과 안면이 있는 분들이 있습니다."

"저하고요?"

선장의 손짓에 선원들이 옆으로 비켜섰고, 그 사이로 펠릭스가 선장 앞으로 나섰다.

"헉, 크다."

다른 사람들보다 최소 머리 하나는 더 큰 펠릭스의 위용에 드레이크는 입을 떡하니 벌렸다.

'드레이크가 맞군.'

펠릭스의 옆에 선 그레인은 과거의 드레이크를 떠올리며 가볍게 미소 지었다.

결사대의 분위기 메이커.

하이브리드답지 않게 유쾌한 성격.

단, 자신의 대화에 열중한 나머지 혼자 제멋대로 말하는 습관 등등.

성격이나 행동은 전생과 다를 바 없었지만, 외견은 이전과 미묘하게 달라졌다.

'코어의 이식 부위가 달라졌나?'

그레인은 반사적으로 드레이크의 눈을 살펴봤다.

전생의 그였다면 차고 있었을, 수룡의 눈동자가 이식된 한쪽 눈을 가린 검은색 안대는 더 이상 없었다.

대신 왼손이 있어야 할 자리에 대신 찬 갈고리가 눈에 띄었다.

"드레이크, 혹시 나를 알아보겠어?"

"너는……."

드레이크는 눈을 동그랗게 뜨면서 그레인에게서 눈을 떼지 못했다.

옛 기억이 뇌리에 희미하게 떠올랐지만, 워낙 오래간만에 만나는 거라 확신을 가지지 못하고 끙끙대기 시작했다.

"혹시… 너는……."

"성격은 여전하군, 79호."

"그런 너는… 그레인? 맞지?"

"용케도 기억하고 있었군."

"역시! 정말 오래간만이야!"

드레이크는 다짜고짜 그레인을 껴안았다.

"도대체 얼마만이냐! 살아서 보게 되니 정말 반갑다!"

그레인을 99호라는 코드네임 대신 이름으로 부른 드레이크는 호들갑을 떨며 기뻐했다.

"여전하군, 드레이크."

옛 동료인지 확인하기 위해 이전처럼 '1416'이란 숫자를 말할 필요조차 없었다. 옆에 있는 크루겐이 고개를 끄덕이고 있었으니까.

"재회하자마자 이렇게 격한 환영을 받아보기는 처음이로군."

"아, 넌 이런 건 별로 안 좋아하는 타입이었지?"

"때로는 이런 것도 나쁘진 않아."

그레인의 손이 드레이크의 등을 다독거렸다.

무뚝뚝한 이미지로만 남아 있던 옛 동료가 다정하게 대하자 드레이크가 눈을 휘둥그레 떴다.

"너, 성격이 그새 바뀌었나?"

"그만큼 시간이 흘렀으니까. 그리고 나 혼자만 온 게 아니다."

"또 있어?"

드레이크는 그레인과 함께 펠릭스 옆에 서 있는 두 명의 얼굴을 쓱 훑어봤다.

그리고 둘 중 아는 얼굴을 발견하고선 또 한 번의 격한 포옹이 이어졌다.

"크루겐, 너도 정말 오래간만이다!"

크루겐의 등을 신나게 두들기던 드레이크의 손이 돌연 멈췄다.

"아차, 넌 그레인보다 이런 거 더 싫어했지?"

"이야, 날 보자마자 알아본 동료는 네가 처음이야!"

포옹을 풀려던 드레이크의 등을 크루겐이 양손으로 격하게 두들겼다.

"왜 이렇게 기뻐해? 너도 성격 바뀌었냐?"

"매번 그레인만 알아보고 난 뒷전이었던 게 하도 서러워서 그렇다!"

"그러니 전… 흠흠! 아무튼 이미지를 확실하게 각인시키지 그랬냐."

드레이크는 보는 눈이 많다는 걸 인식하고 급하게 말을 바꿨다.

"선장, 은밀하게 나눠야 할 이야기가 있으니 선원들을 물렸으면 좋겠군."

"알겠습니다, 전하. 어이, 너희들! 각자 위치로 돌아가도록!"

선장의 외침에 선원들이 아쉬워하는 눈빛으로 뿔뿔이 흩어졌다.

"이 녀석들, 전하의 명이다! 당장 원위치로!"

"네, 넵!"

몇 명은 드레이크 쪽을 바라보며 되도록 천천히 걸어가다가 불호령에 후다닥 뛰어갔다.

"크루겐, 같이 있는 분들은 누구시지? 내가 아는 사람들이야?"

그럼에도 두 명이 더 남아 있자, 드레이크는 크루겐에게 조심스럽게 귓속말을 건넸다.

그의 뇌리에 옛 동료들의 얼굴이 빠르게 스쳐 지나갔지만 아는 얼굴들은 아니었다.

"관련은 있어. 이분은 스코트의 형이시지."

"허, 그렇다면 이분이 소문이 자자한 펠릭스 대공이셔?"

드레이크는 잽싸게 한쪽 무릎을 꿇더니 고개를 숙이며 정중하게 예를 표했다.

"처음 뵙겠습니다. 저는 크라켄 해적단의 제독, 드레이크라고 합니다. 이 넓은 바다에서 전하를 뵙게 될 줄은 꿈에도 몰랐습니다!"

"과한 겸손이로군."

"전하의 명성에 비하면 이 정도는 아무것도 아닙니다. 아! 말이 나온 김에 앞으로 베릴란트 왕국 소속 선박에 한해 구출 시 10% 할인된 가격을 받도록 하겠습니다."

"동생이 기뻐하겠군. 알았다."

크루겐보다 훨씬 적극적인 유쾌함에 펠릭스의 입가에 옅은 미소가 피어올랐다.

"크루겐, 옆의 여성분은?"

자리에서 일어선 드레이크의 시선이 잽싸게 베스티나 쪽으로 옮겨갔다.

"아, 이쪽은 베스티나. 전하처럼 복잡한 인연으로 얽힌 관계이긴 한데… 여기서 말하기엔 이야기가 꽤 길어질 거야."

"그렇다면 내 배로 옮겨 타서 이야기를 계속하는 건 어때? 아리오스와 레이나도 있으니까 같이."

"잉? 레이나까지? 아리오스는 몰라도 레이나와 너는 앙숙이었잖아?"

"어쩌다가 그렇게 되었어."

드레이크는 멋쩍어하며 갈고리 끝으로 뒤통수를 긁었다.

"너희 사이에 무슨 일이 있었는지 당사자에게 직접 물어봐야겠어. 저쪽 배에 타고 있는 거야?"

"그런데 그렇게 되면 여기에 두 분을 놔두고 가야 하는데……."

"괜찮아, 다 같이 가도 돼."

크루겐은 드레이크의 왼쪽 귀에 얼굴을 가까이 댔다.

"저 둘도 전생에 대해 알고 있으니까."

*　　　*　　　*

평소 드레이크 혼자 쓰기엔 넓었던 제독실.

그의 취미에 맞는, 그러나 쓰잘머리 없는 잡동사니가 널브러져 있던 그만의 공간이 오늘만은 비좁았다.

드레이크와 그레인 일행, 그리고 2명의 부제독까지 합해 모두 7명이 원탁에 둘러앉았기 때문이다.

대화는 회귀자가 아닌 베스티나와 펠릭스가 왜 이 자리에 있는지에 대해서로 시작되었다.

어떻게 해서 그 둘이 전생에 대해 알게 되었는지, 그리고 새로운 결사대원으로 가입하게 된 경위를 크루겐이 차근차근 설명했다.

"그랬구나. 체일런과 스코트 대신에……."

드레이크는 고개를 숙이며 눈시울을 붉혔다.

순간 베스티나의 어깨가 움츠러들었지만, 드레이크를 포함한 세 명의 해적은 그녀를 원망하지 않았다. 말 그대로 어쩔 수 없는 상황이었음을 납득했기에.

"좀 쉬었다가 말할까?"

"아냐, 계속해."

고개를 끄덕인 크루겐은 100명의 결사대원 중 30명의 회귀자가 맞이한, 각자 다른 운명에 대한 이야기를 본격적으로 시작했다.

전생과 똑같이 교단과 맞서는 이들.

벌써 세상을 떠난 자들.

교단과의 투쟁을 포기한 동료들 등등.

"안타깝지만 그럴 수밖에 없었겠군."

"그래도 그 부부는 살아남았으니 다행이야."

결사대의 6번째 대원이었던 아리오스와 80번째 대원 레이나의 표정이 시시각각 바뀌었다.

"예상은 했지만, 모두의 운명이 다 바뀌었구나. 스코트도 예전에는 왕자였지만… 아니, 흠흠! 스코트 폐하께서는……."

"동생에 대해서는 예전처럼 편하게 말해라."

"괜찮겠습니까?"

"내 앞이라고 굳이 신경 쓸 필요 없다. 회귀자와 회귀하지 않은 자들 간의 차이를 이해 못 하는 바는 아니니까."

"아이고, 감사합니다! 옛 동료들을 이름으로만 부르던 습관이 쉽게 안 고쳐져서 말입니……."

더 이상 펠릭스의 눈치를 볼 필요가 없게 된 드레이크가 미소를 지으려다가 급히 표정을 굳혔다.

옆에 앉아 있는 레이나가 분위기 좀 파악하라는 눈빛으로 그를 노려봤기 때문이다.

"내가 할 말은 여기까지야. 아직 만나지 못한 동료들도 있지만, 내가 알고 있는 건 다 말했어. 더 궁금한 건 없어?"

크루겐의 질문에 드레이크와 아리오스는 입을 다물고 생각에 잠겼다.

워낙 많은 내용을 한꺼번에 들어서 머릿속에서 정리할 시간이 필요했다.

'저 둘이 스코트와 체일런의 빈자리를 제대로 채워줄 수 있을까?'

반면 레이나는 턱을 괴고서 새롭게 나타난 두 명의 얼굴을 번갈아가며 쳐다봤다.

'남자 쪽은 코어를 두 개나 이식받았으니 동생보단 훨씬 낫겠지. 여자애 쪽은 두고 봐야 알겠지만 큰 기대는 안 하는 게 좋겠어.'

베스티나에게 이식된 코어는 그레인의 것보다 명백히 하위에 해당하는 빙룡의 눈동자.

게다가 베스티나에겐 기존 결사대원들이 갖춘 경험이라는 게 부족할 수밖에 없다.

'그런데 아딜나는 왜 같이 오지 않았지? 묘하게 거슬리는데, 이거.'

레이나는 그레인의 옆에 아딜나가 아닌 다른 여자가 있다는 사실 자체를 받아들이기 힘들었다. 심지어 베스티나가 있는 공간 자체가 뒤틀린 듯한 착각마저 들었다.

"그레인, 한 명 부족한 거 아니야?"

그래서였을까.

레이나는 해서는 안 되는 말을 툭 내뱉었고, 곧바로 후회했다.

'아뿔싸.'

레이나는 자신의 입을 가렸지만 그레인의 표정은 이미 굳어 있었다.

"무슨 의미지?"

"그, 그게… 나는 그냥, 항상 네 옆에 있던 아딜나가 안 보여서 한 말이었어."

"아딜나는 회귀자가 아니야. 하이브리드도 아니고. 아딜나는 우리들처럼 교단과 싸울 이유가 이젠 없어."

"그, 그래도 넌 아딜나의 연인이었잖아? 그래서 당연히 같이 있을 거라고……."

"아딜나는 회귀 직전, 나를 구해주고 대신 죽었다. 그렇기에 현생에서도 교단과의 투쟁에 휘말리지 않도록 끌어들이지 않았던 거다."

"나, 나는……."

레이나는 당황한 나머지 의도치 않은 말들만 계속했다.

그녀의 변명이 이어질수록 그레인의 목소리는 무거워져만 갔다.

'아, 나는 왜 그런 말을 꺼낸 거지?'

왜 그레인이 '그녀'를 안 데리고 왔는지 짐작했기에 더더욱 해서는 안 되는 말이었다.

그러나 생각 속에서 머물러야 했던 말은 이미 그녀의 입 밖으로 나온 이후였다.

"미안해."

"……."

"휴우, 드레이크에게 매번 눈치 볼 줄 모른다고 핀잔주는 주제에 이런 실수라니. 정말 미안해."

레이나는 왼손으로 이마를 감싸며 고개를 가로저었다.

그녀의 사과에도 불구하고 차갑게 식어버린 분위기 탓에 그 누구도 입을 열 엄두를 못 냈다.

그레인은 입술을 굳게 다물었고, 레이나는 자책을 반복할 따름이었다. 도중에 드레이크가 뭔가 말을 꺼냈지만 다른 이들의 침묵 속에 묻혀 버렸다.

그 후로 얼마나 시간이 흘러갔을까.

제독실의 문이 벌컥 열리며 선원 한 명이 안으로 들어왔다.

"무슨 일이지?"

"제독님, 곧 델타 섬에 도착합니다."

"어? 벌써?"

드레이크는 아직도 굳은 표정을 떨쳐내지 못한 그레인의 어깨에 손을 얹었다.

"우선은 모두 내리자. 보름 넘게 항해했으니 좀 쉬어야 하잖아?"

＊　　　＊　　　＊

델타 섬.

전생의 드레이크가 이끌던 해적단의 본거지였던 작은 섬은, 이후 결사대의 주요 거점 중 하나가 되었다.

그러나 결사대의 몰락과 함께 시작된 교단의 무자비한 보복은 델타 섬에까지 미쳤다.

회귀하기 3개월 전, 드레이크가 이끌던 해적단은 전멸에 가까운 피해를 입고 델타 섬으로 도주했다.

그러나 교단의 추적은 멈추지 않았고, 성당 기사단원들에 의해 생존자들 대부분이 체포되었다.

포로가 되자마자 종교재판에 회부된 그들에게 자비란 없었다. 남녀노소 예외 없이 배교자로 낙인찍힌 그들은 불타는 십자가에 묶인 채로 재가 되어버렸다.

'그래, 그때 드레이크가 이곳에서……'

그레인은 두 눈을 감고 과거를 회상했다.

드레이크는 뒤늦게 생존자들을 구출하기 위해 급하게 배를 끌고 왔지만, 잔해만 남은 건물과 잿더미들을 보고 좌절에 빠졌다.

어떤 일이 있어도 웃음을 잃지 않고 결사대원들의 기운을 북돋아줬던 그가 오열했던 곳.

그곳이 바로 이곳, 델타 섬이었다.

"어이! 이번에도 한탕 크게 했어?"

"그런데 같이 따라온 저 배는 뭐야? 진짜 해적질한 거 아냐?"

"그건 아니야. 귀하신 분을 초청했다던데?"

그레인은 감았던 눈을 떴다.

폐허가 되어버린 델타 섬 대신에, 오밀조밀하게 건설된 항구 도시가 그레인의 시야를 가득 메웠다. 귓가에 들리는 선원들의 목소리에서 활기가 느껴졌다.

"또 달라졌군."

이전에 비해 더욱 활기찬 분위기가 그레인의 시선이 닿는 곳곳에서 느껴졌다.

"이젠 기분 풀렸어?"

그레인이 고개를 왼쪽으로 돌리자, 드레이크가 웃음이 가득한 얼굴로 그를 마주 봤다.

"레이나 성격 알지? 원래 그런 애 아니잖아. 오래간만에 널 만나다 보니 서로 건들지 않아야 하는 부분을 잊어서 그런 걸 거야."

"내 감정을 죽여야 했는데, 본의 아니게 분위기를 싸늘하게 만들었군."

"그래, 앙금은 쌓아두지 말라고. 그나저나 오래간만에 와보니 어때? 감회가 새롭지?"

드레이크는 양손을 허리 양쪽에 대고 전생과 달라진 델타 섬을 바라봤다.

"해적 말고 다른 사람들도 보이는군."

"맞아. 해적질을 관둔 시점에서 여기를 해적섬으로 만들 수는 없잖아?"

해적들만의 공간이었던 전생의 델타 섬과 달리, 현생의 델타 섬은 거대한 항구가 건설된 일반적인 섬에 가까웠다.

항구를 중심으로 빽빽이 들어찬 상점들의 종류는 이전보다 훨씬 다양했다.

무기가 아니면 술이나 음식만 팔던 예전과 달리 다양한 물품들이 거래되었고, 어린아이의 손을 쥐고 걸어가는 여인들도 종종 눈에 띄었다.

현상금 벽보에 적힌, 자신의 목에 걸린 현상금 액수를 보며 낄낄대던 해적들 대신 일반인들이 인파의 대다수를 차지했다.

"제독님! 오셨습니까?"

한 남자가 드레이크를 향해 급히 달려왔다.

긴 턱과 멋들어지게 기른 콧수염이 그레인의 눈에 낯설지 않았다.

"카를로스?"

"기억하네? 크루겐 말로는 다른 사람들을 잘 기억 못 할 거라 그러던데……."

"카를로스라면 잊기 힘들시."

전생에서 해적단의 부제독.

인간이었으면서 하이브리드인 드레이크를 위해 마지막까지 함께했던 남자.

바다 사나이답게 거친 흉터들이 가득했던 얼굴은 지금에도 변함없었다.

"제독님, 옆에 계신 분은……."

카를로스의 조심스러운 눈빛에 그레인은 쓴웃음을 지었다.

이미 여러 번 겪은 일이지만, 자신을 처음 보는 듯한 시선에 묘한 기분이 들었다.

"내가 귀에 못이 박히도록 했던 이야기, 기억하지? 나보다 훨씬 잘난 친구 이야기."

"아, 혹시 이분이 그분입니까? 반갑습니다! 꼭 뵙고 싶었습니다!"

그 제독에 그 부하라고, 카를로스가 활기차면서도 싹싹하게 인사를 건넸다.

그런 카를로스의 태도에 잠시 품었던 쓴 감정이 빠르게 희석된 그레인도 마주 웃으며 인사를 건넸다.

"저도 만나서 반갑습니다, 카를로스 님."

"제 이름을 알고 계시는군요?"

"오는 길에 드레이크가 계속 말하더군요. 자신에게 과분할 정도로 유능한 부하라고."

전생의 드레이크가 내린 평을 그레인은 토씨 하나 틀리지 않고 그대로 말했다.

"하하하… 이거 부끄럽군요."

카를로스는 쑥스러운 듯 고개를 옆으로 돌리더니 콧수염 끝을 만지작거렸다.

"그나저나 제독님, 오랜만에 친구분을 만났으니 한잔하셔야죠?"

"역시 카를로스, 눈치 하난 빨라. 저녁쯤에 자리 좀 마련해 줘. 베릴란트 왕국의 대공 전하도 참석하실지 모르니 평소보다 신경 더 써서."

"오! 그렇다면 거창하게 준비해야겠군요."

"아껴뒀던 술도 꺼내봐. 오늘만은 물 탄 술은 금지야."

"알겠습니다!"

인사를 하고 급히 자리를 뜬 카를로스가 부하들을 불러 모았다.

머리를 맞대고 꼼꼼히 지시를 내리는 모습이 전생과 판박이였다.

"원래는 저 녀석, 이번 생에는 안 만날 작정이었어."

드레이크는 팔짱을 끼고서 카를로스의 뒷모습을 넌지시 바라봤다.

"우리들이야 이런 몸이니 교단과 싸울 수밖에 없었지만, 저 녀석은 다르잖아? 인간이니까."

전생의 카를로스는 드레이크와 경쟁 관계였던 해적단 소속 이었다.

드레이크는 결사대에 가입하기 전, 카를로스가 이끄는 해적 단과 대규모의 해전을 펼쳤다.

포로로 잡힌 카를로스는 목숨을 구걸하기는커녕 죽여 달 라고 목청을 높였다.

그러나 드레이크 특유의 유쾌함에 융화되어 나중에는 부하 가 되었다. 알고 보니 둘 모두 비슷한 성격이어서 잘 어울렸 고, 바다를 같이 누비며 교단과 맞서게 되었다.

그러나 그건 어디까지나 전생에서의 이야기.

카를로스의 마지막을 기억하고 있던 드레이크는 카를로스 를 단지 전생의 부하이자 전우로서만 기억하기로 결심했었다.

"그런데 현생에는 저 녀석이 날 먼저 찾아오더라. 인연이라 는 게, 참 묘해. 이쪽에서 일방적으로 끊고 싶다고 끊을 수 있 는 게 아니더라."

카를로스가 맞이했던 비극적인 최후를 잊지 못한 드레이크 는 몇 번이나 그를 거절했다.

그러나 카를로스는 포기하지 않고 그와 함께하기를 요청 했다.

'타인에게 말할 수 없는 이유'로 계속 거절할 수는 없었기에 결국 드레이크는 전생과 똑같이 그를 받아들였다.

"에잉, 괜히 우중충한 말을 꺼낸 것 같네. 연회는 저녁쯤에야 준비될 거 같으니, 그 전까지 좀 둘러볼래?"

"다른 일행들은?"

"전하와 함께 이야기 중일걸? 그쪽은 카를로스가 알아서 할 테니 걱정 말고."

드레이크는 그레인의 목에 팔을 두르며 넉살 좋게 웃었다.

"이럴 때 숨 좀 돌려봐. 교단과 싸울 땐 싸우더라도 쉴 땐 쉬어야지. 우리들이 그걸 잘 못해서 매번 우중충한 분위기만 연출했잖아. 나 혼자 웃어야만 했고."

"하긴, 그랬지."

"와, 너 정말 성격 변했구나."

드레이크가 기억하고 있는 전생의 그레인은 아예 대답조차 안 할 성격이었다. 그러나 지금의 그레인은 굳은 표정 대신 옅은 미소를 머금고 있었다.

*　　　*　　　*

드레이크는 그레인을 이끌고 변화된 델타 섬을 하나하나 보여주었다.

'순수한' 해적단을 이끌 당시, 섬에 머물 때엔 술을 퍼마시던 해적들의 모습은 더 이상 없었다.

대신 해적단에 가입한 지 얼마 안 되는 선원들이 구슬땀을 흘리며 훈련에 매진 중이었다.

그다음에는 마법사들의 연구소를 보여주었다.

해적질 대신 배들을 구해주고 호위한 대가로 돈을 받아, 그 돈으로 고용한 이들이었다.

마법사들의 인사를 뒤로하고 드레이크가 향한 곳은 넓은 도로 양쪽으로 우후죽순 자리 잡은 상점가였다. 상인들은 드레이크를 보자마자 반갑게 인사했고, 드레이크는 활기차게 손을 흔들며 화답했다.

드레이크는 맥스와 별개로 교단과의 투쟁을 위한 준비를 착실히 진행 중이었다.

하지만 드레이크 특유의 성격은 이런 진지한 분위기에서도 여전했다. 드레이크가 지하 창고에 가득 쌓여 있는 동전의 산에 몸을 내던질 땐 그레인이 웃음을 터뜨릴 정도였다. 금화로는 도저히 무리여서 동화로 대신했다는 구차한 설명이 덧붙여졌지만.

드레이크의 안내는 계속 이어졌고, 그레인은 이리저리 움직이는 와중에서 무언가를 느꼈다.

이전까지는 섣불리 받아들이지 않으려했던 감정.

이번에는 정말로 교단을 섬멸시킬지도 모른다는 기대감이었다.

'확실히 전생보단 상황이 많이 나아졌군.'

열심히 설명을 하던 드레이크가 그레인을 보며 뭐가 그렇게 좋냐고 물어봤지만, 그레인은 그저 미소만 머금을 뿐이었다.

그렇게 2시간 동안 드레이크에게 이끌려 여기저기를 돌아다니던 그레인이 마지막에 도착한 곳은 전혀 의외의 장소였다.

*　　　　*　　　　*

모래사장을 앞에 둔 건물 앞에 어린아이들이 모여 있었다.

앞치마를 두른 젊은 여성들이 아이들을 돌보고 있었고, 그런 여성들 사이로 아이들이 활기차게 뛰어놀고 있었다.

"여기가?"

"그래."

그레인은 고개를 갸웃거리며 다시 한번 아이들을 바라봤다.

아까 드레이크가 설명한 건물의 이름과는 영 어울리지 않는 분위기였기 때문이다.

"정말 이곳이 고아원이라고?"

"원래 고아인 애들도 있고, 아무래도 바다로 나가는 사람들이 많으니까 졸지에 고아가 되는 애들이 의외로 많아서 하나 설치했어."

"믿기질 않는군."

고아원이라는 이름 그대로라면 건물은 허름해야 했고, 아이들의 얼굴에는 기쁨 대신 우울함이 가득해야 정상이었다.

최소한 그레인이 몸소 겪고, 기억하고 있는 고아원은 그랬다.

"특이해?"

"잠깐, 고아들만 있는 게 아닌 것 같은데?"

보모로는 보이지 않는 여성들이 각자 아이들을 한두 명씩 데리고 어디론가 가는 모습을 그레인은 놓치지 않았다.

"사실상 탁아소도 겸하고 있어. 여기가 워낙 바쁘게 돌아가서 애들을 맡길 곳이 필요해서였지만, 다른 의도도 있지."

"무엇인데?"

"서로 차별하지 않도록, 편견을 없애기 위해서. 아니, 없애는 건 현실적으로 불가능하니 최대한 줄이는 쪽으로."

"……."

그레인은 차별 속에서 살아야만 했던 전생을 떠올리며 입을 굳게 다물었다.

"편견이라는 건 한번 생기면 나이가 들수록 고치기 힘들잖아? 그래서 그냥 어릴 적부터 같이 어울리게 하면 어떨까 하는 생각에 시도해 봤지. 예상보다 성과가 좋더라. 그래서……."

드레이크가 하던 말을 멈추고 환하게 웃었다.

한 무리의 아이들이 그의 앞으로 쪼르르 몰려오더니 귀엽게 인사를 했다.

드레이크는 손을 흔들며 아이들을 돌려보냈고, 그레인은 아이들의 뒷모습을 조용히 바라봤다.

고아들과 부모가 있는 아이들이 서로 뒤섞여 있는 광경이 그레인의 눈에 낯설게만 비춰졌다.

나쁜 의미가 아니라 좋은 의미로서.

"잠깐, 저 아이는……."

방금 전 드레이크에게 인사를 하러 왔던 아이 중 한 명을 가리켰다.

'내가 잘못 본 게 아니었어.'

베스티나처럼 아이의 눈동자 한쪽이 다른 아이들과는 명백히 달랐다. 색깔이 다른 정도가 아니라, 인간의 것 자체가 아니었다.

"하이브리드야. 예전에 구출해 낸 애들 중 하나지."

"하이브리드? 아직 10살도 안 되어 보이는데?"

"10살은 무슨… 8살밖에 안 됐어."

"그런데도 벌써 코어를 이식받은 건가?"

"아마도 이식이 가능한지 아닌지를 판별하는 비법을 교단이 이제야 완성한 거겠지."

"아차, 그게 있었지."

한동안 잊고 있었던 사실을 떠올린 그레인의 얼굴이 심각하게 변했다.

코어의 이식에 실패해 죽는 이들은 더 이상 없을 것이다. 이제부터는 이식에 성공할 자들만 골라서 이식을 시도할 테니까.

그러나 반대로 교단 아래 들어갈 하이브리드의 수는 지금보다 몇 배로 늘어날 것이 자명했다.

"내가 지금 18살이니, 전생보단 늦게 개발되었겠군."

"그런데 이번에는 좀 다른 것 같아."

"…어떤 식으로?"

그레인의 질문에 드레이크는 턱을 매만지며 생각에 잠겼다.

"성수(聖水)라고 불리는 걸 마셨대."

"그때의 빨간 액체? 전생에는 딱히 이름을 붙이진 않았던 걸로 기억하는데."

"아니야. 이번 건 투명하다고 했어."

"전생과 달라진 것 같군. 자세히 설명해 줄 수 있겠어?"

드레이크는 고개를 끄덕이더니 그 아이에게 들었던 이야기를 처음부터 차근차근 설명했다.

올해부터 교단에서 자선 활동의 일환으로 부랑자들에게 무료로 음식을 제공하는 일을 확대했다고 했다.

당연히 많은 이가 배고픔을 이기지 못하고 몰려들었고, 전생 때처럼 특별한 음료도 함께 마셨다는 드레이크의 설명이 이어졌다.

"저 애한테는 소중한 한 끼였겠지만, 그게 운명까지 바꿀 줄은 몰랐겠지."

드레이크는 구출했을 당시 벌벌 떨면서 대답하던 아이의 모습을 떠올렸다.

지금처럼 다른 아이들과 어울려 아무렇지 않게 놀 수 있을 거라는 생각은 하지 못했다.

그 아이를 바라보는 드레이크의 눈가에 살짝 물기가 어렸다. 잠깐의 침묵 이후 드레이크는 설명을 계속했다.

그렇게 식사를 제공받은 이들 중, 특별한 반응을 보인 이들의 손을 교단의 성직자들이 덥석 붙들었다.

"여러분들은 선택받은 자들입니다."

그 뒤 이어진 설명은 사실 들을 필요는 없었다. 이식이 가능한 육체인지 판별하는 액체의 색이 다른 걸 제외하고는, 교단의 '자선 활동'은 전생과 비슷했다.

"그런데 맘에 걸리는 게 하나 있어. 코어를 이식받기 전, 교단 측에선 부름을 받은 이들을 두 부류로 분류했다고 했어. 흰색 법의와 검은색 법의를 입히는 식으로. 사람들을 불러 모은 사제의 황금색 팔찌가 빛을 발하는 순간, 흰색 법의를 걸친 이들은 한결같이 고통으로 몸부림쳤지만 검은색 쪽은 모두 멀쩡했다더군."

"시련을 견디지 못하는 자와 극복할 수 있는 자들을 구별했다고? 저주의 잔을 마시지도 않은 상태에서? 잠깐… 저주의 잔은 하이브리드가 된 지 2년 후에나 복용시킬 수 있잖아?"

"직접 그 성수라는 걸 어떻게든 구해서 연구해 봐야 확신할 수 있겠지만, 아마도 저주의 잔의 역할까지 대체한 것 같아. 덧붙여서 2년의 유예 기간까지 없애 버린 것 같고."

설명을 이어나가는 드레이크의 말투에는 어느새 특유의 경쾌함이 완전히 사라져 있었다.

이야기를 듣는 그레인의 표정은 내내 굳어 있었다.

말이 성스러운 물이지, 하이브리드에게 절대 교단에서 벗어날 수 없게 만드는 진정한 의미의 저주의 잔이 탄생한 것이었다.

"최악이로군. 더 자세하게 물어볼 수는 없을까?"

그레인의 요청에 드레이크는 고개를 가로저었다.

"어차피 더 알아낸 건 없을 거야. 그리고 이제 겨우 8살이 된 애한테 더 물어보기는 곤란해서… 게다가 저 애, 겉보기에는 별문제 없어 보이지만. 코어를 이식받을 때의 고통으로 지금도 종종 악몽을 꾼대. 보모들이 걱정하더라."

"그렇다면 어쩔 수 없군."

회귀 이후 벌어진 일들이 결사대에게만 유리하게 돌아가지 않음을 알고 있었다.

그럼에도 교단이 시련을 받지 않는 하이브리드들에게 더욱 강한 구속력을 가지게 된 것에 씁쓸할 수밖에 없었다.

'교단 입장에선 훌륭한 성과겠지만, 우리들 입장에서는 예상치 못한 악몽이로군. 도대체 누가?'

그레인의 시선은 모래사장 너머의 파도를 향하고 있었지만, 시야에는 그가 이제까지 만난 교단 측 인간들의 얼굴이 빠르게 스쳐 지나갔다.

'설마?'

그레인은 가장 가능성이 높은 누군가의 얼굴을 떠올렸다.

그가 비밀리에 추진하던 연구.

그 혼자만의 힘으로도 부족했기에 친구인 이스트라를 필요로 하던 상황.

빙룡의 어금니로 코어를 교체받았을 때 떠올랐던 전생의 기억.

'쉐일… 이겠군.'

물론 그레인이 아직 만나지 못한 누군가일 수도 있다.

그러나 현 시점에서 가장 유력한 자의 이름은 쉐일밖에 떠오르지 않았다.

"짐작 가는 거라도 있어?"

그레인의 눈치를 보던 드레이크가 팔꿈치로 그의 허리를 쿡 찔렀다.

"말 그대로 짐작일 뿐이야."

"그러지 말고 말해봐. 전생에는 너의 짐작이 의외로 잘 들어맞았잖아. 기억 안 나?"

"그 성수라는 걸 개발한 자는 아마도… 고든의 친구이자 전생의 조력자였던 쉐일일 거야."

"완전히 교단 측으로 돌아섰다는 그 쉐일이?"

델타 섬으로 오던 도중 쉐일에 대해서 크루겐이 설명해 주긴 했었다.

그레인은 좀 더 상세하게 쉐일이 어떻게 변했는지, 하이브리드에 대해 어떤 생각을 가지고 있는지 말했다.

"골치 아파지겠네."

드레이크는 바로 옆에 있던 빈 조개껍질을 바다를 향해 던 졌다.

"전생에서는 마지막까지 우리를 도와줬던 사람이 그렇게 변 하다니. 뭐랄까, 이해가 가면서도 동시에 안타까워."

쉐일이 변하게 된 계기는 고든의 때 이른 죽음이었고, 맥스 가 저지른 일이었기에 쉐일을 일방적으로 탓하기엔 무리였다.

"나, 전생에는 쉐일과 나름 대화도 많이 했거든. 하긴, 결사 대 중에 나만큼 말 많은 사람도 없었을 테니까 당연하다면 당 연하겠지만."

드레이크는 양손을 바닥에 고개를 뒤로 돌렸다.

"지금이라도 설득할 방법이 있다면… 응? 무슨 일이지? 서 로 싸우기라도 하나?"

드레이크는 자리에서 벌떡 일어서더니 고아원 쪽으로 걸음 을 옮겼다.

두 무리로 나뉜 아이들 사이에 끼어든 드레이크는 양쪽과 몇 마디 말을 나누더니 난감한 얼굴로 턱을 매만졌다.

"어떻게 안 되나요?"

"정말로 그렇게 놀 수 있기는 한가요?"

"글쎄, 방법 자체는 없는 건 아닌데, 이걸 어쩐다."

드레이크는 고개를 들어 올리며 구름 한 점 없는 하늘을 올려다봤다.

겨울이 오려면 앞으로 최소 한 달은 지나야 하고, 델타 섬은 유독 따뜻한 곳이라 한겨울에도 눈이 잘 내리지 않는다.

"아! 그런 수가 있었지?"

방법을 고심하던 드레이크가 무언가를 떠올리면서 손가락을 튕겼다.

"모두들 여기서 기다려라."

급하게 돌아온 드레이크는 그레인의 앞에 서더니 돌연 양쪽 어깨를 붙들었다.

"너, 냉기를 다루는 데 특화되어 있다고 했지?"

아직 그레인과 재회한 지 하루도 지나지 않았기에 드레이크는 잠시 하나의 사실을 잊고 있었다.

지금의 그레인은 전생과 정반대의 힘을 지녔음을.

그레인은 대답하기에 앞서 빙룡의 어금니가 이식된 왼팔을 들어 올렸다.

"무슨 일이지?"

"워낙 생뚱맞은 부탁일 수도 있는데……."

"우선 무슨 일인지 말해봐."

"여기에 온 지 얼마 안 된 애들 중에 눈싸움을 하고 싶다는 애들이 있어서 그래. 마법사들에게 부탁하면 되긴 하지만, 사적인 일로 여기까지 오라 가라 하기엔 좀 그래서 말이야. 알잖아? 그치들 성격, 은근히 까다로운 거."

"문제없어. 딱히 어려운 일도 아니니."

"정말? 솔직히 이런 거 할 기분 아닐 텐데 부탁해서 미안해."

"우리들이 우울하다고 저 아이들까지 그래야 한다는 법은 없으니까."

"너, 정말로 변했구나. 좋았어! 연회할 때 내가 아끼고 아꼈던 술을 내놓을 테니 잘 부탁해!"

"카를로스에게 이미 시키지 않았던가?"

"그것 말고 정말로 아끼는 거 말이야."

드레이크는 이전과는 확실히 변한 그레인과 어깨동무를 하고서 고아원 왼쪽의 빈 공터로 함께 갔다.

고아원의 확장 공사를 위해 나무들을 베어 만든 공간이었다.

"이 정도 넓이라면 눈 좀 뿌려서 눈싸움하기엔 충분하겠지?"

"아니, 이왕 이렇게 된 거 제대로 놀 공간을 만들어주겠어."

그레인은 한쪽 무릎을 꿇더니 지면에 양손을 가져갔다.

잠시 후, 툰드라가 구현되며 평평한 땅 위에 넓은 빙판이 형성되었다.

'그때는 참 모두가 즐거워했었지.'

벤트 섬에서 수련받을 당시, 폭설로 인해 운 좋게 얻었던 휴일의 추억이 흐릿하게 떠올랐다.

정작 그레인 본인은 다른 수련생들이 즐겁게 놀 수 있도록 자리를 비켜줬었다. 그리고 베스티나와 우연히 만나게 되었다.

그때만 해도 그저 스쳐 지나가는 인연 중 하나라고만 여겼을 뿐, 결사대의 새로운 멤버가 될 줄은 꿈에도 상상 못 했다.

회귀가 가져다준, 미래의 변덕스러움은 아직까지도 종잡기 힘들었다.

'같이 수료했던 애들은 잘 있을까?'

도리탄과의 충돌 이후, 수련생들은 그레인에게 다가왔지만 일정선 이상 다가오는 걸 거부한 건 그레인이었다.

그럼에도 그들은 그레인에게 다가왔다. 그가 만든 '벽'을 뚫지 못하고 되돌아가긴 했지만, 벽을 두들겼다는 것 자체가 그에게는 변화의 시작점이었다.

전생에는 겪지 못했던, 결사대가 아닌 하이브리드와의 단체 생활은 분명히 그레인을 이전과 다르게 만들었다. 예전의 그레인이었다면 수료식 이후 쪽지들을 돌리는, 자신을 위험에 빠뜨릴지도 모르는 일은 절대 하지 않았을 테니까.

"그레인?"

"아, 미안. 잠시 생각 중이었어."

회상에서 빠져나온 그레인은 드레이크에게 벤트 섬에서 만들었던 '무언가'를 설명했다.

베스티나가 홀로 수련하는 모습을 본 뒤, 다시 아이들이 놀고 있는 곳으로 돌아갔을 때 만들어봤던 놀이 기구였다.

"호오, 그거 괜찮아 보이는데? 애들이 정말로 신나 하겠어!"

"그때는 나무 사이의 빈 공간을 얼러서 만들었지. 그런데 여기엔 딱히 나무가 없으니 조금 곤란한데."

"아예 뽑아 오는 건 어때?"

"내가 하지."

등 뒤에서 들린 목소리에 둘이 동시에 뒤를 돌아봤다.

그레인과 드레이크의 머리 위에 펠릭스의 그림자가 드리워졌다.

"전하? 어, 언제 오셨습니까?"

"우리들도 왔다고. 상선에 싣고 왔던 물건을 인계하고 왔지."

"…웬 빙판?"

펠릭스와 함께 온 크루겐과 베스티나는 계절에 맞지 않는 빙판을 내려다봤다.

그레인이 자초지종을 말하는 사이 펠릭스는 공터 옆 나무들을 둘러봤다.

"이 정도 둘레면 충분하겠군."

우두둑!

펠릭스는 양팔로 감싼 나무를 뿌리째 뽑아버렸다. 그리고 왼쪽 어깨에 나무를 걸치고서 빙판 한가운데로 걸어왔다.

쿵!

빙판 위에 나무를 내려놓은 펠릭스는 주위를 둘러보더니, 적당한 크기의 나무를 발견하고는 양팔로 둘러 안았다.

"하나 더 필요하다고 했던가?"

   *   *   *

"와아!"

"우와!"

위에서 아래로 얼음 위를 미끄러지며 빠르게 내려가는 아이들의 입에서 환호성이 터졌다.

'얼음 탑' 위에서 대기 중인 다른 아이들은 자신의 차례가 빨리 돌아오기만을 기다렸다.

그레인은 원뿔 모양의 높은 얼음 탑을 만들었다. 나선을 그리며 내려올 수 있게 만든 얼음 탑은 아이들에게 폭발적인 인기를 얻었다.

막상 눈싸움을 할 수 있도록 쌓아놓은 눈에는 애들이 눈길조차 안 뒀다.

"와, 신나! 또 타야지!"

처음에는 무엇인지 몰라 망설이던 아이들은 맨 처음 얼음 탑 위에서 내려온 아이의 환한 미소를 보더니 앞다투어 탑 위로 올라갔다.

폭신하게 쌓여 있는 눈 덕분에 안전히 착지한 아이들은 탑으로 올라가는 얼음 계단을 조심스럽게 올라갔다.

"나, 나도 탈 거야!"

"너희들, 우선 옷부터 입어야지!"

보모들은 뒤늦게 얼음 탑으로 가려던 아이들의 뒷덜미를 붙잡더니 가지고 온 겨울옷을 애들에게 입혔다. 옷을 두껍게 입고 장갑까지 낀 후에야 얼음 탑을 이용하는 게 허락되었다.

한편, 얼음 탑 옆에서 크루겐과 베스티나는 색다른 간식거리를 만드느라 여념이 없었다.

크루겐은 선원들이 한가득 가지고 온 과일을 하나하나 능숙한 칼놀림으로 깎는 중이었다.

"짜잔! 어때?"

크루겐은 도중에 단 한 번도 끊지 않고 깎아낸 과일 껍질을 자랑스럽게 내밀었다.

그러나 아이들은 과일들을 먹는 데 열중하느라 그를 거들떠보지도 않았다. 대신 보모들이 그의 실력에 감탄하며 박수를 쳐줬다.

베스티나는 크루겐이 깎은 과일들을 먹기 딱 적당한 정도로 얼려주었다. 섬세한 냉기 조절이 필요하기에 그녀가 적격이었다.

두 사람이 만든 얼음 과일에 꿀과 달콤한 나무 수액을 끼얹은 간식은 아이들의 입맛을 사로잡았다.

"누나, 누나! 이것도 얼려줘요!"

"누나, 제 것도요!"

고아원의 아이들은 얼음 탑과 베스티나 근처로 나눠서 몰렸다.

평소에 자주 보던 우락부락한 인상의 사내들이 아닌, 예쁜 누나를 향한 아이들의 관심은 멈출 줄 몰랐다.

예상치 못한 놀이기구와 먹거리의 등장에 고아원에선 웃음

꽃이 만발했다.

"……."

그러나 아이들의 새로운 놀이터를 만들어준 그레인은 홀로 근처의 모래사장에 앉아 있었다.

벤트 섬에서 동기들에게 놀 공간을 마련해 주고 본인은 혼자 빠진 그때와 비슷했다.

"끄윽, 혼자서 궁상맞게 뭐 하나?"

트림을 하며 걸어온 드레이크가 그레인의 옆에 털썩 앉았다.

이미 술을 거하게 마셨는지 얼굴이 붉게 달아올라 있었다.

드레이크는 오른손에 쥔 두 개의 맥주잔 중 하나를 그레인에게 건넸다.

"그런데 넌 불을 피울 필요가 없잖아? 춥지도 않으면서."

드레이크는 그레인이 피운 모닥불을 가리키며 맥주를 한 모금 들이켰다.

"따스함이라는 게 의외로 맘에 들어서. 전생에는 느끼지 못했거든."

"아, 그랬지. 그래서 네 성격이 옛날과 달라진 걸까?"

"그럴지도."

"따뜻함의 소중함을 알게 된 너를 위해 건배!"

드레이크가 맥주잔을 내밀자 그레인은 가볍게 미소 지으며 건배에 응해줬다.

호쾌하게 맥주잔을 비운 드레이크와 달리, 그레인은 한 모금 들이켠 후 인상을 살짝 찌푸렸다.

"아직도 술은 입에 안 맞아?"

"그나마 예전에는 시원함으로 넘겨 버렸는데, 지금은 그걸 못 느끼니 더 맛이 없어."

차갑게 식힌 맥주잔의 표면에 이슬이 맺혔지만, 그레인의 손에는 그저 축축함만 느껴질 뿐이었다.

"그건 아쉽겠네. 안 마실 거면 나 주든가."

"얼마든지."

그레인은 드레이크에게 자신의 맥주잔을 건넸고, 드레이크는 이번에도 단숨에 잔을 비워 버렸다.

"휴우~"

올라오는 술기운에 드레이크는 숨을 길게 내쉬었다.

그레인은 수평선 너머로 반쯤 사라진 해를 바라봤다. 회귀로 인해 얻고 잃은 걸 비교하던 그의 머릿속에 무언가가 떠올랐다.

'맥스는 화룡의 어금니를 이식받았으니, 전생의 나처럼 더 이상 따스함을 느낄 수 없겠군. 그래서 변한 건가?'

맥스가 무뚝뚝한 편이긴 했지만, 다시 만나게 된 그는 확실히 예전과 뭔가 달라졌다.

그레인이 변한 것처럼 맥스 역시 전생과 달라진 이유 중 하나는 바뀐 코어로 인한 감각의 상실임이 분명했다.

"아무튼 고마워."

"뭐가?"

"애들에게 큰 선물을 줬잖아. 솔직히 네가 이렇게까지 해줄 줄은 몰랐어."

"내가 그렇게 매정하게 보였나?"

"아니, 그래서가 아니라. 옛날에 비슷한 일이 있었잖아?"

"옛날에?"

"잊어버렸어? 예전에 너와 아딜나가 고아원을 들렀을 때… 아차."

드레이크는 레이나가 했던 실수를 반복했음을 알아채고 급하게 입을 다물었다.

여전히 정면만을 바라보고 있는 그레인의 옆얼굴을 드레이크가 조심스럽게 쳐다봤다.

"미안해, 내 입이 주책이다, 진짜."

드레이크는 스스로 머리를 주먹으로 내려쳤다.

"너도 기억하고 있었군."

그레인의 말투는 딱딱했지만 화를 내는 표정은 아니었다.

"적당히 해둬. 배려는 좋지만, 자학하는 걸 보고 싶지는 않아."

"앞으로 조심할게. 가능하면 아딜나에 대한 이야기는 꺼내지 않겠어."

"굳이 그럴 필요까지는 없어. 아딜나가 날 기억하지 못하는 건 당연하지만, 둘의 추억이 혼자만의 것으로 바뀐 게 아쉬울 뿐이야."

그레인은 모닥불을 향해 양손을 내밀었다.

피부를 통해 전해지는 따뜻함에 굳어졌던 표정이 서서히 풀렸다.

"네가 말해주지 않았다면 아까 그 일도 까맣게 잊어버리고 있었을 거야. 최소한 나라도 기억하고 있었어야 했는데, 시간이 흐를수록 하나둘씩 잊어버린다는 게 두려워."

그레인은 두 눈을 감고 드레이크가 말했던 그때를 회상했다.

지금은 어디인지 장소조차 기억나지 않는 허름한 고아원이었다.

전생에는 고아원에 있었던 적이 없었던 그레인과 달리, 아딜나는 예전 자신이 머물렀던 고아원을 떠올리며 아이들에게 다가갔다.

그러나 아이들은 그레인에게, 그리고 아딜나에게도 다가오지 않았다.

그 누구의 접근조차 불허한다는 분위기를 항상 풍기던 그레인은 그렇다고 쳐도, 아딜나마저 외면당하는 것은 의외였다.

원인은 쉽게 찾을 수 있었다. 메두사의 눈을 가리기 위해 찬 안대가 아이들에게 알 수 없는 두려움을 안겨주었던 것이다.

결국 아딜나는 아이들의 외면을 뒤로하고 고아원을 떠났다. 항상 외로워하던 그녀의 얼굴이었지만, 그때처럼 쓸쓸해 보이는 경우는 드물었다.

회상을 끝낸 그레인이 두 눈을 뜨고 드레이크를 쳐다봤다.

드레이크는 여전히 미안한 얼굴로 텅 빈 맥주잔만 바라보고 있었다.

'계속 떠들던 녀석이 입을 다무니 진짜 어색하군.'

동료의 기죽은 모습을 계속 보기 껄끄러웠던 그레인 쪽에서 먼저 화제를 바꾸기로 작정했다.

"드레이크, 너는 왜 맥스를 찾아가지 않았어?"

"대장을?"

"델타 섬을 이렇게까지 바꾸어놓을 행동력이라면, 교단의 눈을 피해 움직이는 맥스도 충분히 찾아내고도 남았을 거라고 생각되는데."

"그게 말이지, 사실 결사대 내에서도 각별히 친한 사이는 있게 마련이잖아? 솔직히 대장은… 나에게는 좀 어려웠어. 나쁘다는 게 아니라, 거북했다랄까?"

술이 들어간 탓일까.

드레이크는 웃음 대신 진지한 표정으로 속내를 드러냈다.

"그래서 회귀를 하게 되면 이전과 같이 대장 아래로 들어가기보다 우선은 서로 맞는 동료들끼리 뭉치기로 결심했지."

호쾌한 성격의 드레이크와 무뚝뚝한 편의 아리오스.

서로 성격은 달랐지만 전생에서 둘은 호흡이 그럭저럭 잘 맞는 편이었다. 그리고 회귀 이후 같은 수련 장소인 키오릭 섬에서 재회한 덕분에 전생보다 일찍 함께할 수 있었다.

"항상 으르렁대던 레이나와 뭉칠 정도로?"

"그건 나도 예상 못 했어, 하하!"

금세 웃음을 찾은 드레이크의 입에서 웃음이 터져 나왔다.

"결국 대장이 다시 옛 동료들을 모으겠지만, 그것과 별도로 미리 계획을 세워둔 거였지. 솔직히 난 그때 우리들이 결국 패배할 거라고 걸 직감했어."

인간에 비해 수가 적을 수밖에 없는 하이브리드들 중에서도 소수에 해당하는 결사대원들.

한정된 수의 조력자들.

그런 그들을 좋지 않은 시선으로 바라보는 다수의 인간들.

전생에서 그들의 투쟁은 결국 수적 열세를 극복하지 못하고 실패했었다.

"왜냐하면 나는 인간들에게 악당이나 마찬가지였잖아? 아니, 악당 그 자체였지. 해적질하며 물건 강탈했지, 사람 죽였지, 그런 해적 놈을 좋게 볼 인간이 어디 있겠어? 하나라도 더 조력자를 붙들어야 했는데 말이야. 그래서 방향을 선회했지."

드레이크는 갈고리를 단 왼손을 눈 가까이 가져갔다.

"해적 잡는 해적으로."

교단을 탈주해 바다로 돌아온 드레이크는 훈련을 겸한 실전 삼아 해적들을 털었다.

해적들에게서 구해낸 자들에게는 수수료를 받고 다음 정착지까지 호위까지 해줬다.

드레이크의 악명은 전생처럼 인간 전체가 아닌, 해적들에게 한정되었다. 반대로 그에게 구출된 이들 중 상당수는 그를 지원해 주었고, 어떤 이들은 아예 부하가 되기도 했다.

물론 회귀로 인한 이점을 챙기는 걸 잊지 않았다. 주로 바다나 해안가에 감춰져 있던 유적을 발굴하거나, 금광을 찾아 재산을 축적했다.

그렇게 시간이 흘러간 후, 드레이크는 해적이라는 정체성을 제외하고는 전생과 전혀 다른 입지에 서게 되었다.

"덕분에 많은 조력자을 모을 수 있었어. 여기에 모인 사람들 모두 교단이라면 이를 단단히 가는 놈들뿐이야. 전생에도 끌어들일 수 있었지만, 우리들이 저지른 과오 때문에 적으로 돌아섰던 사람들도 있을 거야."

"아까 본 그 아이도?"

"우리처럼 시련을 받지 않는 하이브리드는 아니니 조력자로 머물겠지만, 그게 어디야?"

이전의 델타 섬에는 드레이크가 이끄는 해적들이 대다수를 차지했다.

지금은 남녀노소 구별 없이, 인간이든 하이브리드든 상관없이 모여들었다. 교단을 적대시한다는 공통점을 지닌 자들로.

"우리들만으로는 교단을 이길 수 없었다는 거, 잊지 않았겠지? 이곳의 변화가 앞으로 교단과 있을 본격적인 투쟁을 다른 방향으로 이끌어갈 거야."

"기대되는군."

"하지만 대장을 만나 결사대에 재가입하게 되면, 앞으로는 이렇게 웃고 떠들 수 있는 기회는 거의 없을 거야. 그러니 오늘은 맘껏 즐기자고. 어이, 술 좀 더 가져와!"

드레이크의 외침에 누군가가 커다란 술통을 혼자서 들고 왔다.

그것도 양쪽 어깨에 하나씩 걸치고서.

"저, 전하?"

드레이크는 자리에서 벌떡 일어서더니 펠릭스에게 달려갔다.

자신이 대신 들겠다는 드레이크에게 펠릭스는 피식 웃고선 그레인 앞에서 멈춰 섰다.

"술 좀 하나?"

"저는 그다지……."

"드레이크 제독, 자네는?"

"네, 넵!"

펠릭스는 술통 중 하나를 드레이크의 앞에 턱 하니 놓았다.

"우선 나 하나, 자네 하나. 이렇게 마시면 되겠군."

*　　　*　　　*

카르디어스 신성력 1398년 11월 5일.

그레인 일행의 델타 섬 방문 이후 섬 안의 분위기는 분주해졌다.

두 명의 부제독은 '그날이 왔다'라고 부하들에게 명했고, 그동안 정성 들여 건조했던 세 척의 배를 공개했다.

그리고 다음 날, 드레이크의 해적단은 정예들로 구성된 세 척의 배를 띄웠다.

이전까지와는 다른 행보의 시작을 위하여.

"휴우, 이제야 술이 깬 거 같다."

갑판 위로 나온 드레이크가 지끈거리는 머리를 오른손으로 매만졌다.

"괜찮아?"

그레인의 눈에는 드레이크의 두 다리가 아직도 비틀거리고 있었다.

"다시는 전하와 술 대결 하면 안 되겠어. 으으, 그렇게 마시고도 멀쩡하다니. 전생에는 그 누구에게도 져본 적이 없었는데!"

드레이크는 고개를 가로저으며 진저리를 쳤다.

펠릭스와 드레이크간의 술 대결은 펠릭스의 압도적인 승리로 끝났었다.

인사불성이 된 드레이크는 선원들에 이끌려 어디론가 사라졌고, 그가 아끼고 아꼈던 고급술은 둘의 대결을 지켜보고 있던 크루겐의 몫이 되었다.

결국 델타 섬을 떠나는 날까지 드레이크는 시체처럼 누워 있었고, 선원들은 그를 억지로 배에 태웠다. 이런 일은 질리도록 겪었다는 얼굴로.

항해 내내 침대에 누워서 골골댔던 드레이크는 배에 탄 지 사흘이나 지난 후에야 숙취라는 이름의 패배의 여파에서 벗어날 수 있었다.

"아, 잊어버리고 있었군. 드레이크, 이번에는 어떤 코어를 이식받았어?"

그레인은 프란디스 교구에서 일할 때, 문서를 통해 다른 동료들의 행방을 대충 파악해 두긴 했다.

하지만 탈주했다는 사실 외에는 모든 사항에 '?'가 연달아 찍힌 드레이크에 대해서는 아는 바가 적었다.

"궁금하지? 그렇지?"

"말해봐."

"내 코어의 힘을 필요로 하는 순간이 오면 알려줄게. 우욱! 그런데 속이 아직도……."

폭음의 여파로 없던 뱃멀미까지 생긴 드레이크가 갑판 가장자리로 급하게 달려갔다.

바다를 향해 헛구역질을 반복하는 그를 보며 크루겐과 베스티나가 그레인 쪽으로 걸어왔다.

"쯧쯧, 저 녀석은 여전하네."

전생에서와 마찬가지로 숙취에 고생하는 드레이크의 모습이 크루겐에게 낯설지 않았다.

"전하는?"

"아직도 누워 계시는 중이야."

뱃멀미로 고생했던 펠릭스는 드레이크에게 좋은 멀미약이 없냐고 물어봤다.

그때 말한 드레이크의 해결책은 간단명료했다.

"최고의 멀미약은 배에서 내리는 것입니다, 전하."

그러나 다시 항해가 시작되자 펠릭스는 뱃멀미에 시달리며 침실 밖으로 나오지 못했다.

드레이크가 말한 진정한 멀미약을 다시 만날 때까지 누워 있겠다는 말을 남기고서.

"어? 뭔가 발견한 거 같은데?"

크루겐이 돛대 위에서 망을 보던 선원을 가리켰다.

선원은 잔뜩 흥분한 듯 백색 깃발을 흔들면서 마구 소리쳤다.

"교단의 배입니다!"

"잉? 교단이?"

"교단의 배가?"

이런 상황을 예측 못 한 그레인 일행은 선수로 이동하더니 이마에 손을 대고 멀리서 다가오는 배를 응시했다.

"교단의 배가 맞군."

깃발뿐만 아니라 커다란 돛에도 그려진 교단의 문양은 멀리서도 알아볼 수 있을 정도였다.

"그런데 교단의 배가 왜 여기까지 왔지? 해적선들 천지라 딱히 올 이유가 없잖아?"

"아, 그게 교단 소속 배는 무조건 털었거든. 교단에 한해서는 순수한 해적으로 돌아갈 수밖에 없었어. 이해하지?"

눈 깜짝할 사이 크루겐에게 달려온 드레이크는 별일 아니라는 듯 어깨를 으쓱거렸다.

"아마도 날 토벌하기 위해 벼르고 온 배들 같은데, 의외로 수가 적다?"

교단의 깃발을 단 배는 달랑 두 척.

수준급의 하이브리드들을 다수 태우고 있는 드레이크의 해적선을 상대하기엔 무리로 보였다.

"저 문양은 보기만 해도 역겹군."

인상을 찌푸린 펠릭스가 갑판 위로 올라와 선수로 향했다.

갑판 위의 선원들이 분주하게 뛰어다니는 소리에 누워 있는 것조차 짜증 났기 때문이다.

해적선들과 교단의 배 사이의 거리가 조금씩 좁혀지자 갑판 위에 긴장감이 맴돌았다.

그레인은 팔소매를 걷어 올리며 왼팔에 이식된 빙룡의 어금니 끝부분을 매만졌다.

"드레이크, 우리들이 해결할 테니 너는……."

"너희들이 나설 필요는 없어."

드레이크는 그레인 일행에게 뒤로 물러서라고 손짓하더니 선수 끝 부분에 홀로 섰다.

"내가 이 바다에서 계속 살아남은 이유를 보여주도록 할게."

파아앗!

왼손에 찬 갈고리와 왼팔의 연결 부분에서 강력한 빛이 뿜어져 나왔다.

"무, 무슨 일이야?"

"꺄악!"

수면이 흔들리면서 그레인 일행은 좌우로 비틀거렸다. 유일하게 흔들리지 않고 서 있는 펠릭스의 옷자락을 나머지 셋이 급하게 붙들었다.

해적선과 교단의 배 사이의 바닷물 위로 원인을 알 수 없는 거품들이 마구 올라왔다.

"후후, 보고만 있으라고!"

드레이크의 목소리엔 자신감이 넘쳐났다.

좌아악!

수면을 가르고 등장한, '거대한 무언가'를 본 그레인 일행 전원이 입을 크게 벌렸다.

"저, 저건……."

"문어치고는… 너무나 크군."

세 척의 해적선을 모두 덮을 정도의 거대한 그림자를 만들어낸 괴물.

그레인은 이전까지 저 괴물을 직접 본 적은 없었지만, 몬스터 도감에서 그림으로 접한 적이 있었다.

"설마 저건, 크라켄?"

"그래! 내가 이식받은 코어의 능력은 바로 저 녀석을 소환하는 거라고!"

바다에 거주하는 고대의 마수 크라켄.

문어의 형상을 지닌, 더 이상 찾아볼 수 없게 된 전설 속의 몬스터.

해적선 위의 선원들은 별다른 감흥 없이 하던 일에 열중했지만, 그레인 일행은 크라켄에게서 눈을 뗄 수가 없었다.

"으아악!"

"괴, 괴물이다!"

반면, 교단의 선박들에서 비명과 아우성이 터져 나왔다.

길고 두꺼운 촉수가 갑판 위를 뚫고 배 옆으로 삐져나오는 한편, 크라켄이 뿜어낸 먹물에 교단의 문양이 그려진 돛이 순식간에 녹아내렸다.

뒤늦게 교단 측 병력은 각자의 무기로 크라켄에 저항했지만, 시간이 갈수록 바다로 빠지는 선원들의 수만 늘어났다. 각종 마법이 크라켄을 향해 퍼부어졌지만, 크라켄의 움직임에는 아무런 변화도 없었다.

"흐음, 슬슬 때가 된 것 같네."

망원경으로 교단 측 배들을 지켜보던 드레이크는 갈고리를 찬 왼손을 들어 올려 누군가를 불렀다.

"레이나, 부탁해."

"알았어."

부제독 레이나가 샌들을 벗고선 선수 앞 바다로 뛰어들었다.

풍덩!

"어? 레이나의 몸이 변한 거 같은데? 인어의 코어라도 이식받은 거 아니야?"

"그건 아니고, 세이렌의 코어야."

"아하, 그래서 레이나와 함께 다녔던 거야?"

"당연하지. 안 그랬으면 저 성질머리와 내가 왜 같이 다녔겠어?"

"너희들, 내 이야기 하는 거 아냐?"

수면 위로 얼굴을 내민 레이나가 선수 쪽을 노려보자, 드레이크와 크루겐은 급히 입을 다물었다.

인상을 찌푸린 채로 고개를 돌린 레이나는 빠른 속도로 바다를 가르며 전진했다.

그녀를 향해 화살 비와 마법들이 쏟아졌지만, 아예 물속 깊이 잠수해서 이동하는 그녀를 막을 수는 없었다.

어느새 교단의 배들 사이로 이동한 레이나는 수면 위로 상체만 내민 상태에서 노래를 부르기 시작했다.

그녀의 노래, '로렐라이'를 들은 이들이 하나둘씩 실이 끊어진 마리오네트처럼 풀썩 쓰러졌다.

"교단 놈들에게 얻어낼 게 많으니 포로로 잡아둬야 하거든. 어이, 부탁해!"

드레이크가 손짓하자, 크라켄이 깊은 잠에 빠진 이들을 여러 명씩 촉수로 감아 드레이크의 갑판 위에 내려놓았다.

갑판 위에 쓰러진 교단의 인간들을 선원들이 재빨리 포박했고, 그레인 일행은 이 모든 과정을 멍하니 바라만 보고 있었다.

그리고 얼마 지나지 않아 박살이 난 두 척의 배가 바닷속으로 가라앉았다.

"봐, 너희들이 손쓸 필요도 없었다고."

드레이크가 크루겐의 등을 툭툭 건드리자, 그제야 정신을 차린 크루겐이 그의 어깨를 확 붙들었다.

"도대체 뭘 이식받았기에 크라켄을 소환할 수 있는 거야?"

"보고 싶어?"

드레이크가 왼손에 차고 있던 갈고리를 떼자, 그 안에 숨겨져 있던 무언가가 꿈틀거렸다.

마치 문어의 촉수를 연상케 했다.

"크라켄의 촉수야."

"히익!"

드레이크는 자신의 코어를 자랑스럽게 들어 올렸지만, 크루겐은 기겁하며 뒤로 물러섰다.

확실히 강한 능력을 지닌 코어였지만, 문어의 촉수처럼 꿈틀거리는 그의 코어를 보는 이들 모두 긍정적인 표정을 짓지 않았다.

"이 코어의 능력이 구체적으로 어떻게 되는가 하면……."

"교단의 배가 또 나타났습니다!"

돛대 위에 있던 선원의 외침에 드레이크의 말이 도중에 끊겼다.

아까보다 훨씬 더 흥분한 목소리로 외치는 선원은 백색 깃발을 하나가 아닌 두 개를 양손에 들고 흔들었다.

"뭐야? 또 왔어? 아까 것이 전부가 아니었나?"

드레이크는 망원경으로 수평선 너머를 바라봤다.

이번에는 다섯 척의 배.

아무리 고대의 마수 크라켄이라 해도 다섯 척의 배를 혼자 상대하긴 다소 버거워 보였기에 선원들의 긴장은 커져만 갔다.

"이번에야말로 우리들이 나서야 할 거 같은데?"

크루겐이 뽑아 든 팬텀 대거가 빛을 반사해 반짝거렸다.

그러나 드레이크는 오른손 검지를 좌우로 흔들면서 고개를 가로저었다.

"날 믿으라고. 너희들은 아까처럼 편히 구경만 하고 있으면 돼. 전하도 쉬시면 됩니다!"

파아앗!

다시 한번 드레이크의 왼팔에서 빛이 뿜어져 나왔다.

"설마……."

그레인은 믿을 수 없다는 시선으로 크라켄의 옆을 바라봤다.

크라켄이 있는 해수면 왼쪽에서 또다시 거품들이 부글부글 끓어오르기 시작했다.

"한 마리가 아니라 두 마리?"

수면을 뚫고 나타난 또 한 마리의 크라켄에 모두 눈을 의심하지 않을 수 없었다.

크라켄에 익숙한 선원들 역시 마찬가지였다. 그들은 어디까지나 제독이 소환한 단 한 마리의 크라켄에 익숙했기에.

"응? 무슨 소리야?"

드레이크는 아무렇지 않은 표정으로 두 마리의 크라켄 사이를 가리켰다.

"내가 두 마리만 소환한다는 말은 한 적이 없는데?"

*　　　　*　　　　*

"와, 저건 진짜……."

"……."

"도대체 어떻게 하면 거대한 몬스터를, 그것도 다섯 마리나

소환할 수 있는 거야?"

크루겐과 그레인은 눈을 깜박이며 크라켄'들'을 올려다봤다.

해적선 위의 선원들은 물론이고 베스티나와 펠릭스는 아예 할 말을 잊었다.

한 마리가 아닌 무려 다섯 마리가 순서대로 바닷물을 가르며 웅장한 모습을 드러내는 순간, 양측의 선원 모두 침묵했다.

그 뒤 결과는 다섯 마리의 마수가 보여준 압도적인 전투였다.

배 하나당 크라켄이 한 마리씩 달라붙은 장면은 교단 측 선원들에겐 악몽이나 다름없었다.

교단의 선단은 아예 반항할 생각조차 못 했다. 자신들이 탄 배가 박살 나는 광경을 그저 바라만 보다가 촉수에 감겨 포로 신세가 되어버렸다.

"괴물이… 괴물이… 우리 배를……."

"다섯 마리가… 그것도 다섯 마리나……."

"에헤헤, 에헤헤헤."

세 척의 해적선에 나눠서 포박된 교단의 병력들은 얼이 빠진 얼굴로 같은 말을 중얼거리기만 했다.

"드레이크."

"응? 왜?"

"이렇게 대단한 코어를 이식받았으면서 왜 교단으로부터 외면받은 거지?"

단순히 위력만 놓고 본다면 빙룡의 어금니를 능가할 정도의 코어가 분명했다.

  바다라는 지형적 특성을 고려하더라도, 여태껏 교단의 적극적인 추적을 받지 않은 드레이크의 입장을 납득하기 힘들었다.

  "나도 그 문제에 대해 곰곰이 생각해 보긴 했어. 그런데 결론은 의외로 싱겁더라. 크라켄의 코어에 대해 교단이 제대로 분석 못 했던 게 아닐까? 엄청 드문 코어이기도 하고."

  "아······."

  화룡이나 빙룡의 어금니처럼 오랫동안 연구가 된 코어의 경우 이식받은 하이브리드가 어느 정도 강할지 가늠할 수 있다.

  하지만 드레이크의 말대로라면 교단의 미적지근한 태도가 납득이 갔다.

  "소환 능력이 지닌 한계 때문도 커. 하루에 정해진 횟수 이상 소환이 불가능하고, 결정적으로······."

  드레이크는 부하를 시켜 물을 채운 컵을 가지고 오게 했다.

  다시 한번 크라켄의 코어가 빛을 발했지만, 나타난 것은 컵 안에서 헤엄치고 있는 작은 크라켄.

  마수는커녕 주꾸미로밖에 보이지 않았다.

  "이 능력은 물이 없는 곳에선 쓸 수 없거든. 게다가 제대로 된 크라켄을 소환하려면 이렇게 넓은 바다가 아니면 힘들어. 까놓고 말하면, 난 뭍에선 무용지물이야."

"그런 단점이 있을 줄이야……."

"그리고 나는 벤트 섬이 아닌 키오릭 숲에서 교육을 받았어. 거기에 바다는 당연히 없었고, 강이나 호수도 없었어. 당연히 내 역량을 증명할 기회조차 주어지지 않았거든. 덕분에 난 교관들의 실망과 무관심 속에서 잽싸게 탈주했지."

드레이크는 제자리에서 달리는 시늉을 하며 다른 이들의 반응을 기다렸다.

그러나 별다른 반응이 없자 머쓱한 얼굴로 멈춰 섰다.

"그래도 저 녀석 덕분에 숱한 위험을 헤쳐 나갈 수 있었어. 휘익!"

드레이크가 휘파람을 부르자 가장 가까이에 있던 크라켄의 촉수가 그를 휘감더니 위로 들어 올렸다.

"어때? 고대의 마수, 크라켄을 탄 내 모습이? 대단하지? 전하도 그렇게 생각하시지 않습니까?"

크라켄의 머리 위에 올라탄 드레이크는 허리에 찬 커틀러스를 뽑아 들며 희희낙락했다.

"음, 글쎄."

"진짜 폼 안 나네."

"드래곤 라이더라면 몰라도 크라켄 라이더라니……."

"징그러워……."

각자 한마디씩 던졌지만, 호의적인 반응은 하나도 없었다.

특히 베스티나는 그녀답지 않게 노골적으로 인상을 찡그

렸다.

"으……."

크라켄의 커다란 눈동자가 이리저리 움직이다가 그레인 일행 쪽을 바라보자, 베스티나는 그레인 뒤로 숨더니 옷깃을 붙들었다.

그녀답지 않은 소극적인 태도는 드레이크가 다시 갑판 위에 내려오고 크라켄이 멀어질 때까지 계속되었다.

"왜들 그래? 이 녀석도 알고 보면 꽤 귀엽다고."

"저게? 말이 되는 소리를 해라!"

"이상하다. 왜 다들 싫어하지?"

드레이크는 고개를 갸우뚱거리며 이해할 수 없다는 포즈를 취했다.

"혹시 그거 때문이 아닐까 싶군."

뭔가 알겠다는 뉘앙스의 말에 모두의 시선이 그레인에게로 쏠렸다.

"짐작 가는 부분이라도 있어?"

"코어를 이식받은 여파 때문이 아닐까 싶다. 크라켄의 코어를 이식받은 대가로 드레이크의 심미관이 이상하게 뒤틀린 것 같아 보이는데."

드레이크는 다른 이들이 이야기를 나누는 와중에도 자신을 향해 뻗어온 촉수들을 살갑게 어루만졌다.

"그렇다면… 맞긴 하겠네."

크루겐은 그런 드레이크를 바라보며 피식 웃었다.

무언가 맥이 빠지는 결론이었지만, 다른 하이브리드들처럼 특정 부분의 감각이 소멸되는 것보다는 나았다.

'정말로 녀석다운 코어를 이식받았군.'

그레인도 같이 웃으면서 드레이크를 넌지시 바라봤다.

결사대에서 유일하게 웃음을 잃지 않았던 모습은 여전했다.

"그런데 너, 용케도 저런 걸 소환시켰으면서 안 알려졌다?"

크루겐이 들은 드레이크에 대한 이야기 중에 크라켄에 대한 이야기는 없었다.

"원래 뱃사람들 사이에는 미신 같은 게 많잖아? 저 녀석을 소환시킨 적이 여러 번 있긴 했는데, 본 사람들이 말해도 못 본 사람들은 잘 안 믿는 거 같더라. 날 신비롭게 만드는 효과를 가져다주긴 했지만."

"하긴, 크라켄을 직접 보지 않는 이상 믿기 힘들겠지."

"뭐, 앞으로는 진짜 믿게 되겠지. 그나저나 이왕 저 녀석들 소환시킨 김에 항해 속도나 올려야겠어."

드레이크의 손짓에 다섯 마리의 크라켄 중 두 마리가 수면 아래로 사라졌다.

나머지 세 마리는 해적선을 한 척씩 촉수로 감싸더니 배를 이끌고 빠르게 전진했다.

갑자기 배의 속도가 올라가자 예상치 못한 맞바람에 모두의 머리가 헝클어졌다.

"솔직히 말하면 가슴이 설레. 다른 동료들은 그동안 어떻게 지냈는지 직접 듣고 싶거든. 그래서 조금이라도 더 빨리 만나고 싶어."

자신들을 향해 뒤돌아보는 드레이크를 보며 그레인 일행은 미소를 지었다.

단 한 명만은 손으로 입을 감쌌지만.

"멀미가… 더 심해지는 것 같군."

제6장

가혹한 선택

카르디어스 신성력 1398년 11월 24일.

10월에 비해 확연히 쌀쌀해진 바람에 선원들의 팔뚝에 소름이 돋았다.

아침에 내린 이른 눈 때문에 갑판 위에 물기가 흥건했고, 선원들이 분주하게 청소 중이었다.

"일정은 어떻지?"

웬만한 추위 따위는 느끼지 못하는 두 명 중 하나, 그레인이 드레이크에게 물어봤다.

"이 속도라면 넉넉하게 도착하겠어."

펼쳤던 해도를 접은 드레이크는 끝이 보이지 않는 푸른 바다를 응시했다.

그레인 일행이 탄 해적선은 대륙의 남쪽 해안선을 따라 동쪽으로 항해하는 중이었다. 역풍이 부는 구간은 크라켄을 이용해 빠르게 지나간 덕분에 예상보다 일주일을 단축할 수 있었다.

"아까 받은 편지에는 뭐라고 적혀 있었지?"

"잠깐만. 어디 보자, 대충 연락 가능한 회귀자들은 다 모일 것 같은데?"

드레이크는 보급을 위해 도중에 들른 항구마다 결사대의 대장 맥스와 편지로 연락을 주고받았다.

오늘 아침 정박했던 항구에서 세 번째 보급을 마친 후, 맥스가 보낸 전령에게 받은 편지에 뜻을 함께할 회귀자들의 목록과 집합 날짜가 적혀 있었다.

회귀를 했던, 이름 없는 고성에 도착하기로 약속한 날짜는 12월 10일.

"보름 정도 남았으니 잠시 짬을 내 딴짓을 할 수도 있겠는걸."

"진짜로 할 생각인가?"

"결사대에 합류한 이후에는 아무래도 지금처럼 자유롭게 움직이지는 못하잖아? 그러니 지금이 아니면 곤란해. 그들에게 최대한 많은 선택지를 택할 수 있게 해주고 싶어."

보급을 위해 두 번째로 머물렀던 항구에서 드레이크는 의외의 정보를 입수했다.

며칠 전까지 길게 지속되었던 기상 악화로 인해 배들이 출항을 못 했고, 기다리다 지친 이들은 멀리 동쪽의 항구로 이동했다.

그들 중 유독 눈에 띄는 자들이 있었다. 출항한 뒤에 알려주겠다며 선장에게 도착지를 숨겼고, 그들을 인솔한 자들 중 몇 명이 교단의 법의를 입고 있었다는 목격담이었다.

드레이크가 말한 '그들'은 다름 아닌, 벤트 섬으로 보낼 하이브리드들일 것이었다.

"그 성직자들이 인솔하던 사람들 모두가 로브로 몸을 둘둘 감쌌다면, 대충 느낌이 오잖아?"

"그렇겠지."

코어가 이식된 부분을 숨기기 위함이었음을 굳이 확인하지 않아도 알 수 있었다.

"하이브리드의 자질을 판별하는 비약이 개발되었으니, 수련 기간이 짧아지면서 더 많은 하이브리드가 양산되겠지. 우리 때와는 다르게."

"우리 때라."

"아차, 넌 아니지?"

드레이크는 전생 때의 그레인과의 차이점을 뒤늦게 떠올리며 뒤통수를 긁었다.

실제로 전생의 그레인은 코어를 이식받은 이후 짧은 기간

동안의 수련 과정을 거쳤다. 2년이라는 긴 수련 시간을 거친 건 '비법'이 생기기 전의 하이브리드에 한했다.

"그런데 그 하이브리드들을 구출한 뒤에는 어떻게 할 거야? 결사대에 합류시킬 작정인가?"

"글쎄? 합류한다 해도 조력자에 머물겠지. 어차피 시련을 버티지 못할 자들밖에 없을 게 뻔하니까. 그렇지만 그 조력자들의 수를 예전보다 더 늘려야 해. 난 두 번이나 실패하고 싶진 않거든."

"얻는 것 하나 없이 위험만 감수해야 할 가능성이 커."

"어차피 우리는 배로 이동 중이니까 쉽게 붙잡히진 않을 거야. 그리고 이번 일은 네가 벤트 섬을 떠나기 전에 했던 것과 같다고 보면 돼."

"내가 했던 것?"

"예전의 너라면 절대 안 했을 일 말이야."

드레이크는 그레인이 했던, 시련을 버틸 수 있는 수료생들이 살아남기를 바라며 쪽지를 돌렸던 일을 언급했다.

"결사대에 정식으로 합류하게 되면, 우리들은 합리적이면서 동시에 냉혹한 판단만을 선택해야 할지도 몰라."

크루겐만큼이나 잘 웃는 드레이크의 얼굴에서 미소가 싹 사라졌다.

"그러니 마지막이라 생각하고 감정적인 판단을 하고 싶어."

드레이크는 왼손에 달린 갈고리 끝을 시계 방향으로 살짝 돌렸다.

금속에 반사된 햇빛이 드레이크의 그림자 위를 훑고 지나
갔다.

＊　　　　　＊　　　　　＊

"젠장, 일정이 꼬여도 이렇게 꼬일 수가 있나?"

"하루만 더 기다렸으면 쓸데없이 고생할 필요도 없었을 텐
데. 시간만 더 지연됐잖아."

"아까 우리들에게 짜증 내는 거 봤지? 잘못은 지들이 했으
면서… 에휴."

바위 위에 걸터앉은 이들의 입에서 푸념이 끊이질 않았다.

교단에 고용된 그들은 윗선의 융통성 없는 결정을 탓하면
서 휴식을 취하는 중이었다.

원래대로라면 벤트 섬으로 떠나는 배 위에 있어야 했지만, 예
상 못 한 기상 악화로 인해 며칠 동안 항구에 머물러야 했다.

결국 그들을 고용한 자들은 동쪽의 멀리 떨어진 항구로의
이동을 지시했다.

그러나 막상 항구를 떠난 이후엔, 비가 내리기는커녕 구름
하나 끼지 않은 맑은 날씨가 계속되었다.

"그런데 저놈들, 도대체 뭘까?"

병사 중 한 명이 로브를 걸친 채로 모여 있는 무리를 가리

켰다.

"한번 기사에게 물어봤는데, 쓸데없는 데 관심 가지지 말라고 면박만 들었다."

"그, 뭐라고 했지? 하이그리드? 하이브리그?"

"생긴 거 정말 특이하더라. 도마뱀 눈을 가진 놈과 우연히 눈이 마주쳤는데, 순간 섬뜩했어."

"그건 약과지. 팔 전체에 비늘이 잔뜩 돋아난 애새끼 봤냐? 으으, 징그러워."

"인간이든 아니든 무슨 상관이야. 우리들이야 돈만 받으면 그만이지."

식사 후 잠깐 동안 주어진 휴식 시간 동안, 병사들의 입은 쉬지를 않았다.

그러나 아직도 식사 중이던 사제 중 한 명이 한데 뭉쳐 있는 병사들을 노려보자, 그들은 눈치를 보며 하나둘씩 자리에서 일어났다.

"슬슬 일하는 척하자."

"에잉, 가뜩이나 피곤한데."

병사들은 뻐근한 몸을 이리저리 움직이면서 입에 물고 있던 여송연을 바위에 비벼 껐다.

"어이, 일어나라고."

그들 중 한 명이 여전히 바위 위에 앉아 있자, 다른 병사들이 일어나라며 손짓했다.

그럼에도 그는 마치 몸이 굳은 것처럼 가만히 앉아 있기만 했다.

"뭐해? 저치들이 우리들 노려보는 거 못 봤어?"

"으, 으으……."

목 뒤에서 느껴지는 날카로우면서 차가운 감각에 그는 입도 뻥긋할 수 없었다.

그는 눈동자를 왼쪽으로 움직이면서 자신의 등 뒤에 있는, 그러나 그림자 속에 숨은 탓에 다른 이들에게 보이지 않는 누군가를 가리켰다.

"이, 이건 뭐야?"

"추, 추워!"

일대를 덮친 갑작스러운 추위에 병사들이 기겁을 했다. 심상치 않은 상황임을 파악한 그들은 무기를 세워놓은 나무로 뛰어가려고 했지만, 지면에서 발을 뗄 수가 없었다.

수풀 너머에 숨어 있던 그레인의 냉기가 병사들의 무릎 아래를 꽁꽁 얼려 버렸기 때문이다.

"어, 얼어붙었어!"

"너도?"

"이봐요! 우리들 좀 도와줘요!"

병사들은 성직자들이 모여 있는 곳을 바라보며 도움을 요청했지만, 그쪽 역시 마찬가지 신세였다. 베스티나가 구현한 냉기에 발이 묶여 도망칠 수도 없는 상황이었다.

가까스로 냉기에서 벗어난 기사 몇 명이 무기를 꺼내 들었지만, 이내 자신들을 포위한 드레이크의 부하들을 보고 무기를 떨어뜨렸다.

"그래그래, 이해가 빨라서 좋아."

드레이크는 턱짓으로 부하들에게 모두를 포박하라고 지시했다.

순식간에 포박된 이들은 하나같이 멍한 얼굴로 주위를 둘러보았다. 다 먹지 못한 음식들이 식판에 담겨 있었고, 옷에는 빵 부스러기가 잔뜩 묻어 있었다.

"우리들은 카르디어스 교단에 몸을 담고 있는 자들이다! 이 무슨 불경스러운 짓인가! 너희들은 누구냐!"

"알고 그런 거니 걱정하지 말라고."

뒤늦게 정신을 차린 교단 측 인솔자가 목소리를 높여 항의하자, 드레이크는 새끼손가락으로 귀를 파는 시늉을 했다.

"그리고 보면 모르겠어?"

드레이크가 자신의 모자와 왼손에 단 갈고리, 그리고 옷을 차례대로 가리켰고, 교단 측 인간들의 시선 역시 같이 따라 움직였다.

"해, 해적?"

"해적이 왜 여기에……."

포박된 이들은 혹시나 싶어 다시 한번 주위를 둘러봤지만, 자신들이 있는 곳은 숲 안이었다.

바다는커녕 강이나 호수조차 없는 지역이 분명했다.

"별거 없었네."

예상보다 쉽게 일이 끝나자 크루겐은 가뿐하다는 미소를 지으며 그레인의 어깨에 손을 올렸다.

그러나 그레인의 얼굴은 웃고 있지 않았다.

"지금부터가 시작이야, 크루겐."

그레인은 서로 모여 부들부들 떨고 있는 하이브리드들 쪽으로 돌아보았다.

＊　　　＊　　　＊

드레이크는 포로로 잡은 성직자들을 다른 곳으로 이동시켰다.

대신 교단 측에서 데리고 온 하이브리드들은 제자리에 남겼다.

"여러분들 중 저희들의 질문에 대표로 대답해 주실 분, 없나요?"

드레이크의 물음에 하이브리드들은 서로의 얼굴을 마주 보기만 할 뿐, 나서는 이는 아무도 없었다.

"아무도 없습니까?"

드레이크가 재차 물어봤지만, 주위에 고요함이 감돌 뿐이었다.

"이것 참 곤란하네. 성직자들에게 물어봐야 하나?"

드레이크가 난감한 얼굴로 뒤통수를 긁자, 하이브리드들 중 한 명이 자리에서 일어서더니 앞으로 나왔다.

"내가 대신 대답해도 되겠소?"

로브에 달린 후드를 벗자 굵직한 목소리와 어울리는 나이의 얼굴이 드러났다.

일반적인 하이브리드치고는 꽤 나이가 든, 40대 중년으로 보이는 남자였다.

"흐음, 코어를 이식받은 부위를 보여주실 수 있습니까? 아, 민감한 부위라면 굳이 보여주지 않고 말로 설명해도 되고요."

"코어?"

"교단에서 여러분들의 몸에 이식한 것 말이죠."

"그걸 코어라고 하나? 자, 보슈."

사내는 후드의 목 부근을 확 내리더니 세로로 길게 이어진 '틈'을 보여주었다.

"식인 상어의 아가미라고 하더군. 바다 생활이 지겨워서 떠돌아다녔는데, 막상 이식받은 게 이런 거니 원……."

사내가 코어를 보여주자 다른 하이브리드들도 알아서 로브를 벗더니 코어가 이식된 부위를 보여주기 시작했다.

드레이크는 30여 명에 달하는 하이브리드들의 코어를 일일이 확인한 후 사내에게로 돌아갔다.

"모두 확인했습니다. 아, 다시 로브를 입으셔도 좋습니다.

솔직히 좀 춥죠?"

드레이크가 목을 움츠리더니 양손을 각각 반대쪽 겨드랑이에 끼고서 벌벌 떠는 시늉을 했다.

그러나 하이브리드들은 별다른 반응 없이 다시 옷을 주섬주섬 챙겨 입을 뿐이었다.

그들에게는 드레이크의 익살에 응해줄 여유 같은 건 없었다. 자신들을 여기까지 이끌고 온 성직자들을 습격한 이들을 의심스러운 눈초리로 조심스럽게 바라볼 뿐이었다.

"흠흠! 그러면 물어보겠습니다. 우선은……."

드레이크는 대표로 나온 남성과 질문과 답변을 주고받기 시작했다.

교단이 어디서, 어떻게 그들을 꼬드겼는지.

코어를 이식받은 장소는 어디였는지.

여기까지 오면서 성직자들이 무슨 말을 했는지, 무엇을 약속했는지 등등.

전생에 일어났던 일들이 현생에도 같은 식으로 구현되었는지 확인하는 과정이었다.

"그리고 이건 꽤 중요한 사안이니 사실대로 이야기해 주길 바랍니다."

돌연 드레이크가 정색을 하자 사내는 자신도 모르게 움찔거리더니 한 걸음 뒤로 물러섰다.

"교단에서 특별한 음료를 주지 않았습니까? 성수라는 이름의……."

지난번 구출했던 아이에게 들었던 이야기가 진짜인지 아닌지 재차 확인할 때였다.

"맞소."

사내의 대답에 드레이크의 표정이 더욱 진지하게 변했다.

"지금부터 할 이야기는 여기에 있는 모든 분이 들어야 하는 이야기입니다."

드레이크는 하이브리드들에게 넓게 퍼져 앉으라고 지시한 뒤 입을 열었다.

하이브리드라는 존재 자체에 대한 설명.

교단이 하이브리드를 만든 목적.

하이브리드가 교단에서 어떤 취급을 받는 지에 대한 경험담 등등.

드레이크는 전생에 대한 걸 제외한, 하이브리드에 대한 이야기를 풀어냈다.

상세하게 설명하기엔 너무나 긴 이야기였지만, 처음 듣는 이들이 받아들이기 용이하도록 최대한 간결하면서도 이해하기 쉽게 말했다.

"…그렇게 된 것입니다."

말을 마친 드레이크는 손을 펼쳐 들어 올렸다.

싸늘한 날씨임에도 손바닥은 흘러나온 땀으로 흥건해져 있었다. 마음 같아서는 그대로 주저앉아 쉬고 싶었지만, 아직 할 말이 남았기에 쉴 수는 없었다.

이제부터 할 이야기가 가장 중요했기에.

"여러분들에게 선택지를 제시하겠습니다. 교단의 노예로 살아갈 것인지, 아니면 저희들처럼 교단과 맞서 싸울 것인지. 그것도 아니라면… 투쟁도 굴복도 아닌, 하이브리드들끼리 살아갈 수 있는 공간으로 숨어 지내는 선택지까지. 이렇게 세 가지입니다."

여기저기서 웅성거림이 들렸지만, 이내 조용해졌다. 하이브리드들의 미약한 반응에 드레이크의 입에서 절로 한숨이 흘러나왔다.

'휴우, 힘드네. 예상은 했지만 맥 빠지는걸.'

특히 아까 하이브리드의 대표로 나온 사내는 별다른 감흥 없는 얼굴로 드레이크를 바라봤다.

더 이상 인간이 아닌 운명으로 바뀌었다는 이야기를 들은 것치고는 시큰둥한 반응이었다.

"댁이 한 말이 진짜라는 증거는 있소?"

"아까 제가 설명한 것 중에 다 포함되어 있습니다."

"그런 거 말고, 직접 이 자리에서 보여줄 수 있는 거 말이오."

"그래서 여러분들에게 선택의 기회를 드린 겁니다. 제가 한 말을 믿기 힘들다면 다시 교단으로 돌아가도 무방합니다. 만약 이후에 다시 만나게 된다면 강요밖에 없겠지만요."

"뭐, 우리들의 처지야 그렇다 치더라도, 아까 끌고 간 사람들은?"

사내가 포로가 된 교단 측 인사들을 언급하자, 드레이크는 입을 다물더니 머릿속에서 할 말을 고르기 시작했다.

"그들에게는… 여러분들처럼 다양한 선택지는 없을 겁니다."

드레이크는 자신이 한 말의 무거움을 옅은 미소로 얼버무렸다.

사내는 헛기침을 하면서 더 깊게 파고들지 않았다.

"자, 어떻게 하실 겁니까? 시간은 충분히 드리겠습니다만, 너무 오래는 곤란하거든요."

드레이크는 부하들 중 세 명을 골라 한 명씩 앞에 세웠다.

누구 앞에 서느냐에 따라 하이브리드들의 운명이 결정되는 순간이었다.

중대한 선택의 기로라는 걸 깨달은 그들은 어떤 결정을 내릴지 마구 떠들기 시작했고, 사람들 사이에서 입김이 계속 뿜어져 나왔다.

"저, 아저씨."

"응? 나?"

"네, 뭐 하나 물어봐도 되나요?"

10살 정도로 보이는 소년이 커다란 눈을 깜박거리며 드레이크를 올려다봤다.

다른 이들이 추위에 몸을 움츠린 것과 대조적으로 로브를 벗었음에도 전혀 춥지 않다는 얼굴이었다.

말할 때마다 뿜어져 나오는 입김만이 유일한 공통점이었다.

"너는……."

드레이크의 뒤에서 말없이 서 있던 그레인의 시선이 소년에게 머물렀다.

오른팔의 소매 아래쪽에 보인 손등이 푸른색의 비늘로 뒤덮여 있었다.

"예전의 나와 같은 코어를 이식받았구나."

"그러면 형도 선택을 받은 거예요?"

"그 말을 어디서 들었어?"

"저희들을 여기까지 데리고 온 사제분들요. 저희들은 신의 선택을 받았다고 그랬어요!"

순간 그레인의 표정이 일그러졌고, 같이 온 일행들의 얼굴 역시 마찬가지였다.

교단이 말하는 선택의 의미를 전혀 이해하지 못한 소년에게 동정의 시선이 집중되었다.

"아 참, 원래 물어보려던 건 이게 아니었는데. 노예가 그렇게 나쁜 건가요?"

"…나쁘지. 안 좋기도 하고."

"전 지금이 훨씬 좋은데요?"

소년은 때와 먼지가 묻은 옷깃을 잡아당기며 자랑스럽게 가슴을 내밀었다.

"더 이상 먹을 걸 구걸하지 않아도 되고, 할당량을 채우지 못했다고 맞지 않아도 돼요. 어디서 자야 할지 걱정하지 않아도 되고요. 보세요! 옷도 주었어요! 신발도요! 저, 신발 신어보는 건 처음이었어요."

"……."

소년의 말에 드레이크를 비롯한 일행은 할 말을 잃었다.

"전 거지라서 성당 문턱도 넘지 못했어요. 그런데 성직자가 될 수 있으니 정말 좋은 거 아니에요? 형도 그렇게 생각하죠?"

소년의 말은 계속 이어졌지만 그레인 일행은 그저 침묵할 뿐이었다.

노예로서 제공받은 하찮은 배려에도 들뜬 소년에게는 이성적인 설명이 통하지 않았다.

"게다가 훈련만 마치면 평범한 인간은 절대 가질 수 없는 힘을 얻을 수 있다고 했어요."

"힘? 힘이라."

잠자코 있던 크루겐이 드레이크와 그레인 사이에 슬쩍 끼어들었다.

"그레인, 네 힘 좀 보여줘."

"어느 정도로?"

"대충."

크루겐은 오른손을 주먹 쥐더니 엄지만 내밀며 등 뒤를 가리켰다.

그레인은 크루겐이 가리켰던, 아까 병사들이 앉아 있었던 바위를 향해 냉기를 발사했다.

"와아!"

순식간에 꽁꽁 얼어붙은 바위를 본 소년의 목소리에 흥분이 가득했다.

자신도 그레인처럼 냉기를 다룰 수 있게 될 거라는 기대감으로 눈동자가 한층 빛났다.

"꼬마야, 잠시 이쪽으로 오지 않으련?"

그러나 크루겐의 얼굴은 한층 더 어두워졌다.

그는 소년의 손을 붙잡더니 나무 아래 그림자로 걸어갔다.

"저와 같은 힘을 지닌 형이나, 저 아저씨나, 저 누나처럼 될 수 있단다. 하지만……."

크루겐이 손을 놓는 순간, 그의 전신이 소년의 시야에서 완전히 사라졌다.

"어?"

고개를 이리저리 둘러봐도 크루겐은 그 어디에도 보이지 않았다.

"이렇게도 될 수 있단다."

어둠 속에 몸을 감췄다가 다시 나타난 크루겐이 머플러를 천천히 풀었다.

"어……."

끔찍한 얼굴로 변한 크루겐과 시선이 마주친 소년의 두 눈이 크게 떠졌다.

　근처에 있던 드레이크의 부하들은 놀란 나머지 손에 쥐고 있던 무기를 일제히 떨어뜨렸다.

　크루겐은 교단이 말한 선택의 의미를 확실히 깨닫게 해주었다.

　안 좋은 쪽으로의 의미로.

　"으… 으아앙!"

　제자리에 털썩 주저앉은 소년이 울음을 터뜨렸다.

　베스티나가 소년을 품에 안고서 등을 토닥거렸지만, 울음은 쉽사리 그치지 않았다.

　"너희들이 믿는 신은 절대… 대가 없이 힘을 주지 않는단다."

　머플러를 다시 얼굴에 두르는 크루겐의 손은 미세하게 떨고 있었다.

＊　　　　＊　　　　＊

　카르디어스 신성력 1398년 12월 4일.

　항구에 정박 중인 드레이크의 해적선 안으로 마지막 보급이 진행 중이었다.

　세 척의 해적선 중, 두 척의 배는 먼저 보급을 마치고 델타 섬을 향해 뱃머리를 돌렸다. 어떤 식으로든 교단을 떠나기로 결심한 20명의 하이브리드를 델타 섬으로 보내기 위해서였다.

교단의 노예라도 이제까지의 삶보다는 낫다는 나머지 이들은 교단으로 돌아가는 길을 택했다.

그날, 각자의 선택으로 나뉜 세 부류의 하이브리드들에게 그레인은 마지막으로 물어봤다.

귀족 출신이나 부유한 가문에 있던 이들이 있다면 손을 들어보라고 했고, 그의 예상대로 손을 든 자들은 단 한 명도 없었다.

하이브리드의 자질을 판별하는 비법이 개발된 지금, 한 가지는 확신할 수 있었다.

비법으로 인해 이미 검증을 거친 '그들'은 그다지 좋은 취급을 받지 못할 것임을.

실제로 그들에게 이식된 코어는 그렇게 성능이 좋은 편이 아니었다.

진짜 뛰어난 자질을 지녔다고 판별된 이들은 성지로 파견되거나 중요한 지역으로 배치되어 수련을 받고 있음이 분명했다.

전생의 그레인이 그러했던 것처럼.

"저희가 여러분들에게 했던 말을 절대 교단에게 말하지 마십시오. 우리들이 여러분들을 그냥 보냈다는 말도 하지 마십시오. 성직자들이 습격받는 장면을 보고 무서워서 도망쳤다고 하십시오."

그레인은 교단으로 돌아가기를 택한 이들에게 마지막 충고를 남겼다.

교단과 적대시하는 자신들과 만났다는 사실을 전하는 것만으로도, 그들은 교단의 신문을 받을 것이 뻔했기 때문이다.

말이 심문이지, 없는 사실까지 만들어내는 혹독한 고문이겠지만.

'내 말에 따라주면 큰 문제는 없겠지만, 아니라면…….'

선미 쪽에 홀로 서 있던 그레인은 그들을 걱정하는 시선으로 수평선을 바라봤다.

'휴, 그만하자. 난 할 수 있는 건 다해줬어.'

그들은 운명을 바꿀 수 있는 기회를 스스로 걷어찼다.

그 뒤로 벌어질 일은 그들이 감당해야 할 몫이다.

"뭐? 그게 정말이야?"

"네, 직접 치료받고 온 사람들에게 들은 이야기입니다."

"혹시 제독님이 아는 사람입니까?"

'응?'

드레이크의 목소리가 들린 방향으로 그레인이 고개를 돌렸다.

유달리 격양된 드레이크와 선원들의 목소리에 신경이 쓰인 그레인이 갑판 중앙으로 건너갔다.

"드레이크, 무슨 일이지?"

"신이란 참 변덕스러운 존재 같아. 전생에는 저주받은 인생을 살게 만들더니, 현생에는 모두가 우러러보게 되는 운명을 부여하다니 말이야."

"뜬금없이 웬 신 타령이지?"

"헛소문일지 모르고, 동명이인일 수도 있지만, 그 녀석이라면 충분히 되고도 남는다고 생각되니… 아, 직접 두 눈으로 확인하고 싶다."

"그러니까 무슨 이야기인지 말해봐."

그레인의 독촉에 드레이크는 싱긋 웃더니 바다 쪽으로 시선을 돌렸다.

이 자리에 없는, 그러기에 정말로 보고 싶은 옛 동료를 떠올리는 그의 눈동자에 물기가 서려 있었다.

"페트로 말이야… 성자(聖者)가 되었대."

*　　　　*　　　　*

카르디어스 신성력 1398년 9월 15일.

우거진 수풀 안쪽에 자리 잡은 작은 마을 위로 구슬비가 내리기 시작했다.

당장 무너져도 이상하지 않을 정도로 허름한 건물들과 그 사이에 촘촘히 설치된 천막 안에서 환자들의 신음이 흘러나

왔다.

"으, 으으……."

"괴로워……."

덧난 상처에서 고름이 줄줄 흘러내리는 자들, 전신이 붕대로 감긴 이들 등등.

그들의 유일한 소망은 지긋지긋한 고통에서 벗어나는 것뿐.

얼굴에 수건을 두르고 환자들을 돌보는 이들의 표정은 어둡기만 했다.

"휴우, 끝이 없군."

이마에 맺힌 땀을 손등으로 훔치는 던컨의 표정 역시 마찬가지였다.

교단의 추적을 피해 부하들과 함께 도착한 곳이 바로 이곳, 중병에 걸린 이들을 간호하는 환자촌이었다.

형식상 카르디어스 교단에 의해 운영되는 곳이긴 했지만, 단 한 명의 사제만이 파견되었을 뿐 실질적인 지원은 없다시피 했다.

가족들에게서조차 버림받은 이들이 모여든 곳이었기에 그 누구도 오길 꺼려 하는 곳이었고, 교단이 운영하는 곳임에도 던컨과 그를 따라온 부하들 입장에서는 최적의 은신처였다.

처음에는 자신들도 병에 걸린 척하며 남들의 눈을 속일 의도였지만, 어느새 그들은 교단에서 파견된 한 명의 사제 다음으로 병자들을 성심껏 돌보는 입장이 되었다.

물론 교단의 성직자라는 정체는 숨기고서.

"크윽. 이거, 진짜 익숙해질 수가 없군요."

던컨과 함께 유적지에서 도망친 부하, 로이는 고통으로 일그러진 얼굴로 누워 있었다.

그가 전염병에 걸려 환자를 돌보는 입장에서 환자로 바뀌어 버리면서, 그들이 이곳을 떠날 수 없는 결정적인 이유가 되어버렸다.

"이젠 그만… 절 포기하십시오. 더 멀리 도망가지 않는다면… 이러다간 저 녀석과 형님의 정체도 발각될지 모릅니다."

"로이, 너!"

"너와 형님이라도 살아서 도망가야지, 안 그래? 더 오래 있다간 나처럼 될… 으윽."

조르쉬는 포기를 종용하는 동료를 보고 고개를 숙일 뿐이었다.

던컨은 표정의 변화 없이 로이의 몸에서 흘러나온 고름을 수건으로 닦아냈다.

"포기 같은 소리는 하지 마라."

"형님은 이런 곳에서 썩을 분은 아니지 않습니까?"

"이놈아, 내가 출세를 원했다면 성지를 떠나지도 않았을 거고, 성당 기사단의 부단장 자리도 때려치우지 않았을 거다."

친구의 죽음.

남은 이들끼리의 대립과 갈라짐.

그 이후 출세라는 단어는 던컨의 머릿속에서 사라진 지 오래였다.

"무엇보다, 고생하는 부하를 내팽개치고 자기 안위만 돌보는 인간에겐 복이 오지 않아."

던컨의 말에 둘은 아무런 대꾸도 못 하고 입을 다물었다.

아무리 고름을 닦아내도 로이의 상태는 나아지지 않았지만, 던컨의 손은 조금도 쉬지 않았다.

그 모습을 본 다른 봉사자들 역시 숙연한 얼굴로 환자들을 돌보기 시작했다. 희망이 보이지 않는 상황에서도 포기하지 않는 던컨의 등에 다른 환자들의 시선이 쏠렸다.

"응?"

순간 어두컴컴했던 막사가 밝아진 느낌에 던컨이 눈을 비볐다.

"뭐, 뭐지?"

"밖에서 무슨 일이 일어나고 있는 거야?"

막사 안으로 스며드는 희미한 빛에 던컨을 포함해 환자들을 돌보던 이들 모두가 황급히 막사 밖으로 뛰쳐나왔다.

"윽!"

시야를 하얗게 뒤덮은 강렬한 빛에 던컨은 고개를 옆으로 돌렸다.

눈을 가늘게 뜬 채로 고개를 정면으로 돌린 던컨이 입을 크게 벌렸다.

"이 빛은 도대체 뭐지?"

마치 하늘 위의 태양이 지상에 내려온 것처럼 환자촌 전체가 휘황찬란했다.

*　　　　*　　　　*

빛의 근원지로 급히 달려간 던컨은 두 눈을 믿을 수가 없었다.

전염병으로 고통받던 환자들의 몸에서 흘러내렸던 피고름이 연기가 되어 사라졌다.

환자들을 순식간에 완쾌시킨 힘은 하늘에서 지상을 향해 뿜어진 빛의 기둥.

"이, 이건 도대체……."

페트로는 자신을 휘감은 빛이 쏟아져 내려오는 하늘을 향해 고개를 들었다.

"믿기지가 않아."

던컨은 입에 두르고 있던 수건을 풀고 빛의 중심에 서 있는 페트로를 바라봤다.

조르쉬의 부축을 받아 그를 뒤따라온 조이는 빛의 기둥에서 눈을 뗄 수 없었다.

"혀, 형님! 무슨 일이 벌어진 거죠?"

"나도 모르겠다."

"이, 이것 보세요! 로이의 상처에서 새살이 돋아나고 있다고요!"

"너… 어떻게 된 거야? 내 눈이 잘못되었나?"

한 달 넘도록 차도를 보이지 않았던 로이의 병이 주변으로 퍼져 나간 빛의 입자에 닿는 순간 빠른 속도로 치유되고 있었다.

"이럴 수가……."

로이는 더 이상 조르쉬의 부축을 필요로 하지 않았다.

두 다리로 홀로 선 로이는 양손을 얼굴에 가져가더니 손등을 번갈아가며 뒤집었다.

손등을 뒤덮었던 종기가 완전히 사라졌고, 고약한 냄새를 풍기던 고름은 흘러내리지 않았다.

"고통이 씻은 듯이 사라졌어! 지금 나, 꿈꾸고 있는 건 아니겠지?"

"아냐! 절대 꿈이 아니야!"

"나 이제 죽지 않고 살 수 있는 거야? 그런 거야?"

"그래!"

둘은 서로 부둥켜안고서 감격의 눈물을 펑펑 흘렸다.

다른 환자들 역시 마찬가지였다. 죽을 날만 기다리던 이들은 감격에 벅차 환호성을 질렀지만, 던컨의 귀에는 아무런 소리도 들리지 않았다.

던컨의 두 눈은 오직 페트로와 그를 둘러싼 빛을 응시할 뿐이었다.

"설마?"

던컨 본인도 말로만 들었을 뿐, 직접 목격한 적은 단 한 번도 없었다.

하지만 그를 가르쳤던 노사제의 말과 교단의 문서로 접한 적이 있었다.

"성자(聖者)……."

신으로부터 직접 빛의 힘을 물려받은 고귀한 존재.

20여 년 전, 마지막 성자가 사망하면서 교단 내 성자의 맥은 끊겼다.

교단은 모든 성직자를 동원해 대륙 곳곳을 뒤졌지만, 3년에 걸친 수색 끝에 더 이상 성자를 찾는 일을 포기했다.

대신 교단의 위세를 강화하기 위해 하이브리드에 대한 연구에 박차를 가했다.

교단 내에서조차 성자의 재등장을 포기했고, 죽음을 눈앞에 둔 이들만이 성자를 찾았을 뿐이다.

던컨은 페트로의 얼굴을 응시했다.

다시 봐도 아직 20살도 안 된, 예전에 같이 일했던 두 소년과 비슷한 나이.

그는 기적의 주인공을 향해 조심스럽게 다가갔다.

"페트로 사제님."

"케트릭 님!"

던컨은 정체를 숨기기 위해 만든 가명으로 불리는 순간 제자리에 멈춰 섰다.

여기에 온 이후 줄곧 가명으로 활동했지만, 왠지 본명을 말해도 될까 하는 생각이 들었다.

기적을 앞에 두고 거짓으로 불리기엔 어울리지 않았기에.

"저도 믿기 힘듭니다만……."

던컨은 부드럽게 미소를 지으며 페트로의 두 손을 붙잡았다.

"사제님, 당신은 성자가 되신 겁니다."

"네?"

페트로는 믿을 수 없다는 눈으로 주변을 둘러보았다.

"그, 그럴 리가 없습니다."

"성자에 대해 들은 적이 있습니다. 사제님이 보여주신 기적은 성자라는 확실한 증거입니다."

페트로를 앞에 두고 던컨은 떠는 손으로 천천히 성호를 긋기 시작했다.

뒤따라온 로이와 조르쉬도 따라 하자 환자였던 이들이 하나둘씩 동참했다.

"저는 단지……."

모두를 살리지 못한다 하더라도, 교단의 충분한 지원만 있으면 살아남을 수 있는 이들이었다. 그런 이들의 죽음을 계속 봐야만 했다.

매일 아침이 밝아올 때마다 숨을 거둔 환자들의 시체를 매장해야만 했다.

페트로가 원했던 건 장례 미사가 아닌, 여기에 온 이들 모두가 건강한 얼굴로 가족들의 품으로 돌아가는 것이었다.

그런 마음으로 식사 시간과 잘 때를 제외하곤 환자들을 돌보는 데 열중했다. 그리고 지친 몸을 이끌고 자정이 넘어서야 기도를 드렸다.

단지 그것뿐이었다.

성자라는 과분한 칭호로 불리기에 턱없이 부족하다는 생각만이 그의 머릿속에 감돌았다.

"페트로 사제님이 성자가 되셨다고?"

"신께서 드디어 저분에게 어울리는 힘을 주셨구먼. 그래, 그랬어."

"사제님은 그럴 만하신 분이야."

그러나 병자들은 페트로가 성자가 되었음을 당연하게 받아들였다.

그들에게는 논리적인 설명 따위 필요하지 않았다. 그동안 페트로가 보여줬던 눈물겨운 노력을 익히 알고 있었기 때문이다.

"감사합니다! 정말로, 정말로… 감사합니다!"

"이 은혜, 절대로 잊지 않겠습니다."

멀리 떨어진 막사에서 급히 달려온 이들이 페트로에게 감사하며 성호를 그었다.

페트로는 순식간에 환자들에 둘러싸였고, 던컨과 그의 부하들은 자연스레 뒤로 밀려났다.

여전히 당황스러운 얼굴의 페트로.

환한 미소를 지으며 그에게 연신 감사를 표하는, 환자였던 자들.

그 광경을 흐뭇하게 바라보던 던컨의 눈이 돌연 슬픈 눈으로 바뀌었다.

'만약 그때 성자가 있었다면······.'

일순간 던컨의 마음속에서 원망스러움이 피어올랐지만 이내 사라졌다.

절친했던 고든이 일찍 생을 마친 것은 운명. 그걸 빌미로 누군가를 원망해서는 안 된다.

무엇보다 고든이라면 이런 식의 뒤틀린 감정을 결코 원하지 않았을 테니까.

"로이, 조르쉬. 내가 너희들과 처음 만났을 때 한 말 기억하냐?"

"네?"

"아, 그거 말입니까?"

유적 발굴자들 사이에 전해 내려오는 말.

진정한 보물은 누군가에 의해 발굴되는 것이 아니라, 그만한 자격을 지닌 발굴자에게 찾아온다는 속담.

"나는 지금 최고의 유물을 거머쥔 기분이야. 천사의 날개를 발견했을 때 따위와는 비교도 못 할 정도로 말이지."

"어떤 느낌인지 이해갑니다."

"그런데 나에게 그런 자격이 있을까?"

"그야 형님이 그동안 구해준 애들을 생각해 보면 답이 나오지 않습니까?"

"그리 대단한 일도 아니었잖냐. 나 혼자 한 것도 아니었고."

던컨은 피식 웃으면서 별거 아니라는 투로 고개를 저었다.

"그럼에도 살아서 이런 기적을 두 눈으로 목격하게 될 줄이야… 나, 성직자로서 그렇게 헛되이 살아온 것은 아닌가 보다."

절망의 끝에는 희망이 기다리고 있다는, 교단의 성서에 기록된 문구.

던컨은 고든의 죽음 이후 말도 안 되는 소리라고 비웃었지만, 이제까지 그 문구를 비웃었던 자기 자신을 비웃어야 할 때였다.

"신이시여……."

페트로는 아직도 자신의 머리 위에서 쏟아지는 빛의 기둥을 올려다보며 나직하게 읊었다.

"저는… 여전히 모르겠습니다. 왜 이런 힘이 저에게 주어졌는지를."

페트로는 오른손 손가락을 모으고 성호를 긋기 시작했다.

그의 운명이 한번 거쳤던 길이 아닌, 전혀 다른 방향으로 가고 있었지만 그것을 아는 이는 아무도 없었다.

최소한 이곳에서는.

제7장

재집결

카르디어스 신성력 1398년 12월 6일.

카르디어스 교단의 중심지, 성지 브렌할트.

아침 미사 이후 시작된 매월 초 정기 회의에 교단의 수뇌부들이 대거 모여들었다.

교황 아르디언은 직사각형 모양의 긴 탁자 한쪽에 홀로 앉아 있었다.

그의 양쪽 옆으로 줄줄이 착석해 있는 사제들이 순서대로 돌아가며 보고를 이어갔다.

"…그래서 어떻게 되었소?"

"아직까지는 큰 문제 없이 진행 중이라는 보고를 받았습니다."

아르디언은 텅 빈 두 개의 의자 쪽으로 시선을 돌렸다.

대륙 곳곳을 돌아다니며 하이브리드에 대한 연구에 몰두 중인 두 추기경의 빈자리가 듬직하게 보였다.

그중 하나는 복수라는 신념 하나만으로 교황 바로 아래 지위인 추기경까지 올라온 쉐일의 자리였다.

출세에 관심 따윈 없다는 듯 주어진 임무에만 몰두하는 모습이 때로는 어리석게 느껴졌지만, 아르디언은 굳이 표현하진 않았다.

이런 타입의 인간이야말로 그의 야망을 이루기 위해 필요한 인간 중 하나였기에.

"다음 안건입니다. 최근 쉬르 왕국에서 제안한 기부 건에 대해서……."

"예하! 지금 막 현지에 파견된 전령이 돌아왔습니다."

회의실 문이 발칵 열리며 아르디언의 비서가 한 장의 문서를 내밀었다.

급하게 달려온 탓에 거칠게 숨을 헐떡였지만, 입가에 환한 미소가 자리 잡고 있었다.

"결과는?"

"성자(聖者)임이 확실하다는 현지의 판단입니다!"

'확실'이라는 단어를 들은 참석자 전원이 자리에서 일어섰다.

단 한 명을 제외하고.

"그런가."

"그렇습니다! 이로써 20여 년 넘게 끊겼던 성자의 맥이 다시 이어졌습니다!"

"오오, 드디어!"

"신이 교단에 내려주신 가호입니다! 모두 그분께 기도를 드립시다!"

모르그덴 추기경의 제안에 모두가 경건한 자세로 성호를 그었다.

다들 감격에 겨웠기 때문인지 아르디언의 성호를 긋는 동작이 유달리 느리다는 걸 알아챈 이들은 없었다.

"교단의 위상이 한층 높아질 겁니다!"

"이렇게 된 이상 성자가 출현한 지역의 지원을 대폭 확충해야 합니다."

"최근 베릴란트 왕국을 비롯해 각 나라의 신도들의 신앙심이 옛날 같지 않은 게 사실입니다. 하지만 성자가 다시 나타났으니 교세를 예전처럼 넓힐 수 있을 겁니다."

회의의 참가자들은 흥분을 감추지 못하고 열성적으로 의견을 표했다.

각자 자신의 의견을 피력하는 데 몰두하는 와중에, 자리에서 일어난 아르디언은 창가로 걸어갔다.

모두가 기뻐하는 와중에 그의 얼굴만이 일그러져 있었다.

"하필 이럴 때 성자가 재등장하다니. 신의 장난인가……."

아르디언은 강렬한 빛을 발하고 있는 태양을 정면으로 바라봤다.

눈을 조금도 깜박이지 않고 빛의 근원을 올려다보는 그의 오른쪽 눈동자가 순간 황금색으로 변했다가 원래대로 돌아갔다.

"맘에 들지 않는군."

그의 속내를 고스란히 드러낸 속삭임은 어느 누구의 귀에도 들리지 않았다.

*   *   *

카르디어스 신성력 1398년 12월 8일.

집합 장소로 결정된 고성에서 그리 멀지 않은 선착장에 한 척의 해적선이 정박했다.

말이 선착장이지, 어쩌다가 작은 나룻배가 들락거릴 정도로 한적한 곳이었다. 덕분에 그레인 일행은 혹시 있을지도 모르는 교단과의 충돌을 피할 수 있었다.

그레인과 크루겐, 그리고 베스티나와 펠릭스는 먼저 배에서 내려서 주변을 경계 중이었다. 대다수의 선원은 짐을 나르느라 바삐 움직였고, 아직 배에서 내리지 않은 이들은 드레이크의 지시를 전달받는 중이었다.

"휴, 다들 알아들었지? 내가 없는 사이 무슨 일이 생기면 이 장소로 찾아오도록 해."

말을 마친 드레이크는 손등으로 이마의 땀을 훔쳤다.

완연한 겨울 날씨임에도 그 혼자만 한여름에 있는 것처럼 전신에서 땀이 흘러내렸다.

"왜 이러지? 날씨가 덥나?"

드레이크는 옷 안으로 차가운 공기가 스며들도록 윗도리를 붙잡고 탁탁 털면서 배에서 내려갔다.

아니, 내려가려고 했다.

드레이크는 더 이상 앞으로 나가지 못하고 제자리에 멈춰 섰다. 한 발만 더 내디디면 지상에 발을 디디게 되지만, 그걸 못 하고 있었다.

"드레이크?"

평소와 같지 않다는 걸 눈치챈 그레인이 드레이크의 어깨를 붙잡았다.

"아, 역시 이러네. 마음 단단히 먹었는데, 생각처럼 쉽지가 않아."

"괜찮아?"

"그, 글쎄."

평소 같으면 괜찮지 않아도 괜찮다고 말했을 드레이크가 대답을 망설였다.

가슴 위로 가져간 그의 오른손이 부들부들 떨고 있었다.

지금 드레이크가 지상에 발을 디딘다는 건 이전과는 전혀 다른 의미였다.

배에서 내리는 순간부터는 자신을 보호해 주던 바다에서 벗어나 교단과 본격적으로 싸운다는 생각에, 애써 잊었던 전생의 공포가 그를 덮쳤기 때문이다.

바다를 완전히 떠나는 건 아니라는 걸 알면서도 손끝이 떨리는 걸 멈출 수 없었다.

"뭐야, 겁먹은 거야?"

부제독 레이나가 평상시처럼 핀잔을 줬다.

그녀의 반대편에 서 있는 아리오스는 평상시와 다를 바 없이 침묵을 지켰다.

"응, 두려워."

"……."

하지만 진지하게 드레이크가 받아들이자 레이나 역시 입을 다물 수밖에 없었다.

감정 표현에 무딜 수밖에 없는 대다수의 하이브리드와 달리, 드레이크는 전생부터 유독 감정 표현에 충실했다.

분위기가 침체될 것 같으면 호탕하게 웃음을 터뜨리던 모습처럼 그 반대의 감정에 휩싸일 때의 반응 역시 컸다.

"만약 이번에도 교단과의 투쟁에서 진다면 이 녀석들은 또 죽겠지? 아무것도 하지 못하고 많은 동료들이 죽는 모습을 보고만 있는 건 싫어. 차라리 그때 나도 같이 죽었다면 이렇게 괴롭지는 않을 텐데. 젠장, 내가 왜 이러지?"

애써 잊으려고 노력해도 그의 머릿속에선 전생에서 봤던 해적단의 종말이 계속 떠올랐다.

교단에 사로잡힌 선원들 모두가 십자가에 못 박힌 상태에서 불타 버렸던 끔찍한 광경에 드레이크의 눈동자가 초점을 잃고 이리저리 움직였다.

"마, 막지 마! 구해야 한다고! 저걸 나보고 보고만 있으라는 거야?"

단 한 명이라도 구하기 위해 양팔을 붙들었던 부하들을 내팽개쳤지만, 다른 부하들이 연거푸 그에게 달려들어 만류했던 장면으로 이어지자 드레이크가 양팔을 마구 허공에 휘저었다.

그를 말리는 그때의 선원들은 더 이상 없음에도.

"어이! 뭘 구경하고 있어? 빨리 내려!"

레이나는 선원들에게 먼저 배에서 내리라고 지시했다. 부들부들 떨면서 횡설수설 중인 드레이크의 입에서 무슨 말이 나올지 몰랐기 때문이다.

"이, 이번에는 정말로 그런 일은 일어나지 않겠지? 그렇지? 그렇겠지?"

"드레이크……."

그레인은 겁먹은 얼굴의 드레이크를 마주 보며 말끝을 흐렸다.

드레이크가 두려움에서 스스로 빠져나올 때까지 기다리는 것 외에는 할 수 있는 게 없었다.

호탕하게 결사대의 재집결에 응하며 이번에는 승리를 장담했던 그가 어쩌면 옛 동료 중에서 교단과의 또 한 번의 격전을 가장 두려워하는 이가 아닐까 싶었다.

"다시는 그런 결말을 맞이해서는 안 돼. 안 된다고······."

특히 다른 이들의 안위까지 걱정했기에 드레이크의 감정은 쉽사리 가라앉지 않았다.

렌의 감정이 맥스 한 사람을 향해 집중되었다면, 드레이크는 결사대원과 해적단 모두를 아울렀기에.

"나는 바다 사나이라고! 이 정도쯤은!"

드레이크는 오른손으로 자신의 뺨을 연달아 때렸다.

깜짝 놀란 그레인이 손을 뻗어 제지하려고 했지만, 이내 손을 거뒀다.

"이 정도쯤은… 문제없어."

뺨이 빨갛게 달아오를 정도로 계속 뺨을 내려치던 드레이크가 동작을 멈추고 거칠게 숨을 내쉬었다.

"이제 진정되었나?"

"그런 것 같아. 휴우, 나답지 않게 이게 뭐람? 꼴사나운 모습만 보여줬잖아."

다시 원래 표정으로 돌아간 드레이크가 너스레를 떨었다.

"어차피 예전 일이니 이젠 잊어야지. 다시 똑같은 결말이

오지는 않을 거야."

전생 기준으로는 지나간 과거이자, 현생 기준으로는 반복될지도 모르는 또 하나의 미래.

드레이크는 비극의 반복을 원하지 않았다.

그러기 위해선 계속 멈춰 서 있어서는 안 된다.

"자, 그러면 서두르자."

결국 지상에 첫발을 디딘 드레이크가 천천히 앞으로 걸어갔다.

그레인 일행과 드레이크가 걸어가는 방향은 회귀 직전, 마지막으로 모였던 장소.

실패와 동시에 새로운 기회를 거머쥐었던 이름 없는 고성.

"이번에는 절대 실패하지 않을 거야."

다시 한번 다짐하는 드레이크의 갈고리 끝이 미세하게 떨고 있었다.

*   *   *

카르디어스 신성력 1398년 12월 10일.

예정된 날짜에 맞춰 도착한 그레인 일행은 이름 없는 고성 앞에서 대기 중이었다.

"예상보다 많이들 모였네."

크루겐은 회귀 이후 처음 보는, 그리고 미리 본 동료들을 하나하나 셌다.

앞서 도착한 이들은 대부분 말없이 고개만 끄덕이며 그레인 일행을 받아들였다. 회귀 직전에는 30대 후반에서 40대의 중년이었던 이들이 10대 후반에서 20대로 젊어졌지만, 결사대 특유의 무거운 분위기는 변함없었다.

"그렇지만 예전보다 확실히 적어졌네. 어쩔 수 없나."

특이하게도 그레인과 만나 이곳으로 온 이들이 대다수는 회귀자였고, 맥스가 데리고 온 자들의 상당수는 회귀할 수 없는 동료들이었다.

그 두 종류를 합해 이 자리에 모인 옛 동료들의 수는 이전의 100명보다 적어진 60여 명.

그중 진정한 결사대라 부를 수 있는 이들의 숫자는 더욱 적었다.

회귀하지 못한 이들은 동료가 아닌 '부하'로서 성 입구에 집결해 있었다. 고성 안에 들어가는 걸 허락받은 이들은 회귀자, 혹은 전생에 있었던 일을 이해하고 받아들인 자들로 한정되었다.

"그레인, 정말 내가 들어가도 되는 거야?"

베스티나는 당연히 자신도 성 입구에서 대기하고 있을 거라 예상했다.

그러나 조금 후에 진행될, 결사대원들 중 회귀자들만이 참

석하는 의식에 자신도 포함되었다는 이야기를 듣고 그녀는 적지 않게 당황했다.

"체일런의 빈자리를 메워달라는 말은 하지 않겠습니다. 하지만 당신은 우리들만 알아야 하는 진실을 들었고, 받아들였습니다. 베스티나, 당신은 저 안으로 들어갈 자격이 충분합니다."

100명의 결사대원들 중 회귀한 자들은 30명.

그 30명 중 이곳에 온, 전생과 현생을 모두 거친 그들은 결사대 내에서 중요한 역할을 담당하게 된다.

그 자격이 예전에 결사대원이 아니었던 베스티나에게 주어진다는 의미는 그녀 본인이 자각할 정도로 무거웠다.

"부담스럽다면 지금이라도 맥스에게 다시 말해보겠습니다."

"그건 아니야."

베스티나는 고개를 가로젓고선 입술을 굳게 다물었다.

아무것도 모른 상태였다고 해도, 동료를 죽인 자신을 결사대는 받아들여 줬다.

빈자리를 메우는 것을 넘어서서 그 이상의 역할을 해야 함은 당연한 처지였다.

"그렇다면 나도 안으로 들어가야 하는가?"

펠릭스는 고성의 입구를 바라보면서 팔짱을 꼈다.

그레인이 아까 전달받은 명단에는 베스티나와 함께 펠릭스도 포함되어 있었다.

원칙에 맞지 않는 두 명 중 하나인 펠릭스는 다른 의미로 고성 안에 들어가는 걸 망설였다.

"그 부분에 대해서는 베스티나의 경우처럼 맥스와 미리 이야길 나눴습니다. 단, 스코트를 대신하는 것이 아닌, 같이 합류한다는 점이 다를 뿐입니다."

"동생과… 말인가."

하이브리드가 된 이후 동생과 직접 만난 적이 없었던 펠릭스.

회귀로 인해 뒤틀린 운명 속에서 형제는 각자 다른 영역에서 살아가면서 서로의 영역을 침범하지 않았다.

만나지 않았기에 유지되었던 균형이 혹시나 무너질지 모른다는 우려가 그의 얼굴에서 떠나지 않았다.

"스코트와 되도록 마주치지 않기를 바라는 마음은 알지만, 이번이 아니면 서로 만날 기회는 거의 없을지도 몰라요."

크루겐이 둘의 대화에 슬쩍 끼어들며 펠릭스를 설득했다.

"전생에는 결사대원 모두가 함께 있는 경우야 많았지만, 현생은 아무래도 각자 입장이 다르니 뿔뿔이 흩어져서 행동해야 할 거예요. 무슨 의미인지 아시죠?"

"알겠다."

"그나저나 전하와 저와 비슷한 처지이긴 하네요."

펠릭스의 확답을 받은 크루겐은 주변을 훑어봤다.

아까처럼 머릿수를 확인하는 게 아닌, 다시 보고 싶으면서도 절대 이곳에 나타나지 않기를 바라는 두 명을 찾고 있었다.

"없네."

"보지 못해서 아쉬워?"

그의 의도를 알아챈 그레인의 물음에 크루겐은 가볍게 웃었다.

"아니, 오히려 안심돼."

그래도 혹시 모른다는 생각에 다시 한번 결사대원들을 둘러보던 크루겐의 시야 저 멀리에서 누군가가 다가오고 있었다. 회귀 직전과 똑같은 얼굴의, 10대로 도저히 보이지 않는 남자가 그레인 일행 쪽으로 성큼성큼 걸어왔다.

그를 알아본 펠릭스와 베스티나는 서로 마주 보며 고개를 끄덕이더니 한 걸음 뒤로 물러섰다.

회귀자들만의 이야기에 방해가 되지 않기 위해서.

"어이! 벌써들 와 있었어?"

"리카르도!"

"리카르도? 리카르도라고? 저 녀석이?"

긴장으로 내내 굳어 있던 드레이크의 얼굴이 리카르도를 보는 순간 어이없다는 표정으로 돌변했다.

"너는… 아직도 해적질하냐?"

드레이크의 해적 복장을 본 리카르도가 한심하다는 투로 말했지만, 드레이크의 시선은 여전히 한곳만을 바라보고 있었다.

리카르도의 변함없는 얼굴을.

"와, 넌 얼굴에 무슨 짓을 한 거냐? 도대체가 하나도 변한 게 없잖아?"

"젠장, 너까지 그런 소리냐?"

"그런데 너, 성격은 확 변한 거 같다? 저 녀석만큼이나."

드레이크는 한마디 말도 안 하고 조용히 지내기만 했던 두 남자를 번갈아가며 가리켰다.

옛날처럼 드레이크 혼자서 마구 떠들던 구도가 아닌, 네 명의 남자가 한마디씩 던지기 시작하자 무거웠던 분위기가 다소 누그러졌다.

"참! 너희들, 그 소문 들었어?"

"소문?"

"페트로에 대해서?"

소문이라는 말에 그레인의 입에서 자연스레 페트로가 언급되었다.

"어? 너희들도 들은 거야? 어디서 들었는데?"

"대륙 남부 해안의 항구에서."

"와, 거기까지 소문이 퍼진 거야? 그렇다면 소문이 진짜일 가능성도 크겠는걸. 하긴, 페트로라면 충분히 성자가 될 자격이 있지."

전생의 페트로를 기억하는 리카르도의 눈가가 촉촉해지기 시작했다.

모두를 살리기 위해 홀로 적진을 향해 뛰어들던 그의 뒷모습이 뇌리에 생생하게 떠올랐다.

근처에 있던 다른 동료들도 페트로의 이름을 듣자 숙연한 얼굴로 하늘을 바라봤다.

"우리 모두를 구한 보답을 현생에 받은 걸까?"

"글쎄."

그레인은 긍정도 부정도 아닌, 애매모호하게 대답하며 하늘을 바라봤다.

모두를 위해 희생했던 페트로가 하이브리드가 되는 운명에서 벗어났다는 안도감이 든 건 사실이었다.

그러나 교단의 주목을 받을 수밖에 없는, 성자라는 새로운 운명이 페트로를 어떻게 인도할지는 알 수가 없었다.

어쩌면 하이브리드로서가 아닌 성자로서 교단에 이용당할지도 모른다. 더 나아가 새로 결성된 결사대의 적으로서 앞을 가로막을 가능성도 부정할 수 없다.

'아니야. 그런 상상은 하지 말자.'

그레인은 스스로를 탓하며 고개를 가로저었다.

어떤 일이 있더라도 페트로가 적으로 나타나는 상상만은 해서는 안 된다.

어차피 어느 쪽으로 움직일지 모르는 운명이라면, 좋은 쪽으로 변화하기를 바랄 수밖에 없었다.

"아, 그러고 보니… 리카르도, 다시 포르테가로 돌아갈 예정인가?"

"그럴 거야. 나처럼 인간들 사이에 아무렇지 않게 섞여 들어갈 수 있는 '인간'은 결사대 내에 드물잖아? 이번 소집이 끝난 이후 돌아가도 좋다고 대장에게 미리 연락받기도 했고. 다시 소집하면 이번처럼 억지로 휴가를 받아내면서라도 돌아오겠지만."

"부탁이 있다."

그레인은 또 하나의 변화된 운명에 대해 잊고 있었던 걸 뒤늦게 떠올렸다.

하이브리드의 자질을 파악하는 비법이 현생에도 개발된 이상, 아딜나가 다시 하이브리드가 될 가능성이 높아진 상태였다.

현생에서 처음 만났을 때, 교단과의 접촉을 피해달라는 언질을 하긴 했지만 그것으론 부족했다.

그레인은 현재 포르테가에 머무르고 있는 아딜나의 신변에 대해 유의해 달라고 리카르도에게 요청했다.

특히 성수에 대해서는 절대 알리려고 하지도 말고, 마시는 건 절대 안 된다는 부탁을 전해달라고 말했다. 이전의 두리뭉실한 부탁이 아니라, 교단과의 접촉 일체를 금해달라는 확실한 표현을 추가하면서.

편지를 통해 알릴까도 고려해 봤지만, 교단에 수배 중인 그레인의 입장상 혹시라도 편지가 유출될 경우의 불상사를 우려해 보류했다.

"알았어. 포르테가에 도착하는 즉시 전달할게."

"부탁한다. 혹시 모르니 에르닌에게도 꼭 전해줘라. 반드시"

"그 외에는? 아딜나에 대해 궁금한 거 있어?"

"잘 지내고 있겠지?"

"물론이지. 에르닌 아가씨와 항상 같이 다니더라. 아, 오빠였던 그 자식이 돌연 여행을 떠났다는 소식을 듣고선 걱정하는 것 같긴 하던데."

리카르도의 말에 그레인과 크루겐의 표정이 동시에 어두워졌다.

"그랬군."

그레인은 애써 태연하게 말하면서 떨리는 손을 등 뒤로 숨겼다. 크루겐은 머플러 끝을 살짝 위로 잡아당기며 시선을 딴 곳으로 돌렸다.

"그래도 너무 걱정하진 마."

그레인 일행이 아딜나의 별장을 떠난 이후 벌어졌던 '일'에 대해 모르는 리카르도는 그레인의 어두운 얼굴을 다르게 받아들였다.

"생각해 봐. 아무리 교단이라고 해도 포르테가의 신세를 지고 있는 그녀에게 감히 무슨 수작을 벌이겠어? 혹시라도 무슨 일이 생기면 내가 곧바로 연락을… 응?"

침묵만을 지키던 결사대원들이 웅성거리기 시작하자 리카

로드는 뒤를 돌아봤다.

전생에는 하이브리드로서, 현생에는 인간으로서 교단에 저항하는 길을 택한 스코트가 크로드와 함께 걸어오는 중이었다.

전생의 스코트가 현생에는 왕이 되었다는 소식을 익히 접한 결사대원들은 자신들도 모르게 뒤로 물러서며 자리를 비켜줬다.

크로드는 스코트에게 양해를 구하더니 그레인과 크루겐을 향해 급히 달려왔다.

"그레인, 크루겐. 정말 고맙다. 덕분에 다시 이곳으로 올 수 있게 되었다."

"결국 스코트 밑에서 일하기로 한 건가?"

"그렇게 되었다."

"크로드, 이젠 괜찮아?"

하필이면 교단에 이레귤러로 체포된 상황에서 회귀한 크로드.

전신이 바짝 말라 있던 당시에 비하면 건강 상태는 양호해 보였다. 대신 몰드린 추기경을 찔렀을 때 보여줬던 독기는 여전했다.

아니, 오히려 더 짙어진 느낌이었다.

"교단을 섬멸하는 그날이 내가 괜찮아지는 때가 될 거다."

"참, 멜린다 교관님은 잘 계셔?"

"그 여자는 현재 펠릭스 전하가 거느리고 있는 암흑가의 일원들과 함께 행동 중이다. 그들에게 들은 바로는 실력과 평판은 꽤 좋은 편이라고 한다. 그러면……."

말을 마친 크로드는 천천히 걸어오고 있는 스코트에게 돌아갔다.

스코트의 곁에서 따라오는 크로드의 눈에선 아까의 진심으로 고마워하는 눈빛이 완전히 사라졌다. 같은 결사대원이라도 경계를 늦출 수 없다는 날카로운 시선으로 주위를 둘러봤다.

'크로드는 스코트의 경호원이 된 듯한 분위기로군.'

계속 정면을 바라보며 고성을 향해 다가가던 스코트는 펠릭스 옆을 지나가기 직전에 멈춰 섰다.

스코트가 왼팔을 옆으로 내밀며 손짓하자 크로드는 공손하게 허리를 숙인 뒤 옆으로 비켜섰다.

전생에는 하이브리드와 인간으로.

지금은 인간과 하이브리드라는 관계로 다른 길을 걸어가야만 했던 스코트와 펠릭스.

서로를 말없이 마주 보던 쌍둥이는 고개를 고성 쪽으로 돌리더니 나란히 걸어가기 시작했다.

어깨의 높이는 서로 상이했지만, 형제가 바라보는 방향은 똑같았다.

끼이익.

거친 마찰음과 함께 굳게 닫혀 있던 고성의 문이 열렸다.

"모두 왔군."

고성 안에 먼저 들어가 있었던 결사대의 대장, 맥스가 소집된 결사대원들을 하나씩 둘러봤다.

"아까 통보했던 자들은 안으로 들어와라. 나머지는 대기하도록."

회귀한 자들, 혹은 전생에 대해 받아들인 이들이 한 명씩 고성 안으로 들어갔다.

맥스는 문 옆에 서서 그들에게 무언가를 나누어줬다.

"이건?"

그레인은 맥스에게 건네받은 무언가를 양손에 쥐고 넓게 펼쳤다.

이전까지 입었던 교단의 법의와 같은 디자인의 옷이었지만, 백색과 정반대인 검은색으로 점철되어 있었다.

이미 그 옷을 입고 있는 맥스가 가슴 위로 손을 가져갔다.

"우리의 새로운 결의를 상징하는, 결사대만의 법의다."

＊　　　＊　　　＊

빛을 상징하는 카르디어스 교단과 반대편에 선다는 의미가 함축된, 검은색 법의를 걸친 결사대원들이 차례대로 계단을 통해 지하로 내려갔다.

고성의 지하 대강당에 모인 이들은 회귀한 30명보다 확실히 줄어든 인원이었다.

전생을 기억할 수 없는 다른 동료들의 짐까지 짊어진 그들의 표정은 그 어느 때보다 진지했다. 크루겐은 물론이고, 리카르도와 드레이크의 얼굴에서마저 웃음기가 사라졌다.

바로 이곳에서 그들은 교단과의 투쟁에서 실패했음을 인정했다.

그러나 좌절하지 않고 회귀라는 수단을 통해 새로운 기회를 손에 거머쥐었다.

시간상으로 미래지만, 그들의 기억 속에서는 과거의 일이 되어버렸다.

'아딜나……'

그레인은 자신을 구하고 대신 죽었던 전생의 아딜나를 떠올리며 지그시 눈을 감았다.

어쩌면 그녀가 아닌 그가 전생의 일을 모두 잊고, 이 자리에 다시 올 수 없었을지도 모른다.

'너는 더 이상 교단과 싸울 의무는 없어. 너의 몫까지 내가 싸우겠어.'

그레인은 회상 속에서의 아딜나에게 결의를 읊은 뒤 입술을 굳게 다물었다.

눈을 뜨자 자신의 품에서 숨을 거뒀던 아딜나는 더 이상 보이지 않았다.

이 자리에 그녀가 없다는 사실에 안도하며 가슴을 쓸어내렸다.

그레인 말고 다른 이들 역시 이 자리에서 벌어졌던 일을 떠올리며 눈을 감고 있었다.

그 혼자만이 괴로운 과거를 지닌 건 아니었다. 각자 다르지만, 실패로 인한 후회와 아쉬움을 곱씹으며 마음속으로 결의를 다졌다.

베스티나와 펠릭스, 그리고 아직 회귀하지 못한 듀란은 예외였지만 그들의 표정 역시 진지했다. 그때의 경험을 간접적으로 접한 것만으로도 회귀자들이 어떤 마음가짐으로 이곳에 서 있는지 이해할 수 있었다.

"그러면 시작하겠다."

맥스가 전생에 시간 회귀술을 썼던 제단을 향해 걸어가자 그를 따라 제단 주위로 모여들었다.

"문을 닫아라."

입구에 가장 가까이 서 있었던 듀란이 대강당으로 통하는 문을 닫았다.

안으로 들어오던 빛이 사라지면서 그들이 걸친 법의가 색이 암흑과 완벽하게 동화되었다.

맥스가 걷어 올린 오른팔에서 피어오른 열기가 주위를 밝혔다.

화르륵.

제단 한가운데에 놓인 화로 위로 불길이 치솟으면서 어둠에

간혔던 모두의 시야가 확 넓어졌다.

"1호."

자신의 코드네임을 부른 맥스는 화로를 중심으로 남쪽에 섰다.

다음에 그가 부를 이는 2호, 고든.

그러나 맥스는 고든의 코드네임을 부르지 못하고 망설였다. 쉽사리 입이 떨어지지 않았고, 입술이 경련했다.

"2호."

긴 침묵 이후 고든을 부른 맥스의 고개는 아래로 푹 숙여져 있었다.

그 뒤로 맥스는 결사대원들의 코드네임을 순서대로 하나씩 불렀다.

결사대원 중에서도 회귀한 자들, 그리고 살아남아 여기까지 온 이들만이 부름에 응할 수 있었기에 맥스는 한동안 화로 앞에 홀로 서 있어야 했다.

"6호."

드레이크와 함께 온 아리오스가 맥스의 오른편에 섰다.

"12호."

크루겐이 아리오스의 오른편에 서자 시계 반대 방향으로 원을 이루기 시작했다.

내심 새로 입게 된 법의의 색이 두르고 있는 머플러와 이제야 어울린다고 생각하면서도, 얼굴에는 여전히 웃음기가 하나도 없었다.

"14호."

맥스는 케이오르를 불렀지만, 그레인의 손에 의해 생을 마감한 그는 다시 나타날 수 없는 입장이었다.

그레인은 지그시 두 눈을 감았다. 자신의 행동을 후회하지 않았지만, 빙룡의 어금니가 이식된 왼팔이 떨리는 건 어쩔 수 없었다.

대강당 안에서 오직 맥스의 목소리만이 울려 퍼지는 가운데, 다른 결사대원들은 자신의 차례가 오기를 조용히 기다렸다.

"22호."

그레인과 크루겐이 맨 처음 만난 회귀자이면서 교단의 하이브리드가 되는 길을 택했던 발터.

대열에 합류한 발터는 둘을 번갈아가며 바라보며 고개를 살짝 끄덕였다.

"42호."

맥스가 아딜나의 코드네임을 부르는 순간, 그레인은 눈을 감았다.

이곳에 올 자격을 갖추지 못했고, 갖추지 않아야 하는 그녀의 부재를 확인한 맥스는 곧이어 다음 번호를 불렀다.

어느덧 맥스가 부르는 결사대원들의 번호가 40을 넘어 50, 60을 넘어섰다.

숫자가 커질수록 이 자리에 함께할 수 없는 이들의 수가 파악되면서 분위기는 더욱 무거워졌다.

"62호."

체일런의 코드네임이 불리는 순간, 베스티나는 한 걸음 앞으로 나섰다.

그러나 더 이상 화로를 향해 다가갈 수 없었다. 옆에 서 있던 그레인이 팔을 뻗더니, 그녀가 앞으로 나오도록 조심스럽게 등을 밀어줬다.

체일런의 의지를 이어받게 된 베스티나가 대열에 합류하자 다른 결사대원들의 시선이 그녀에게 집중되었다.

그들이 알고 있는 62호는 남성.

그러나 여성인 베스티나가 번호에 맞춰 나오자 체일런과 전혀 다른 인물임을 단번에 알 수 있었다.

자신에게 꽂히는 시선에 긴장한 베스티나의 뺨을 타고 땀방울이 흘러내렸다.

그레인처럼 자신을 이해한다는 시선도 있었지만, 렌처럼 용납할 수 없다는 눈초리도 함께 받아야 했다.

베스티나는 당장에라도 밖으로 나가고 싶은 충동에 몇 번이나 휩싸였지만, 어금니를 질끈 깨물며 견뎌냈다.

그레인이 이야기했던, 교단과의 진정한 대결 이후 펼쳐질 '지옥'에 비하면 아무것도 아닐 거라며 스스로를 설득하면서.

"85호."

자신의 옛 코드네임을 들은 스코트가 펠릭스와 함께 걸어 나왔다.

여전히 두 형제는 서로 시선을 겹치지 않고 입을 다물고 있었다.

전생과 달리 형에게 자신의 운명을 대신 맡겼다는 죄책감 때문이었을까.

스코트 쪽에서 먼저 펠릭스를 향해 고개를 천천히 돌리다가 이내 정면으로 시선을 고정시켰다.

반면 펠릭스는 곁눈질로 스코트를 바라보려다가 이내 관두었다.

전생의 자신이 막지 못한 왕국의 멸망으로 인해 동생이 얼마나 괴로워했을까 걱정하면서.

그사이 맥스가 부르는 결사대원의 번호는 90을 넘어섰고, 대열에 합류하지 않은 이는 오직 한 명만 남았다.

"99호."

자신의 차례에 맞춰 대열에 끼어든 그레인에게 모두의 시선이 쏠렸다.

상당수가 현생에 그레인과 만났고, 그로 인해 다시 결사대에 합류하게 된 이들이었기에 자연스러운 현상이었다.

그레인은 자신의 왼편에 있는 맥스를 바라보며 시선의 방향이 옮겨가도록 이끌었다.

"100호."

고든 때와 달리 솔리킨의 코드네임을 부르는 맥스의 목소리에선 조금의 망설임도 느껴지지 않았다.

솔리킨이 현생에서 어떤 결말을 맞이했는지 모르는 이들도 있었지만, 애초에 그는 회귀자가 아니었기에 당연하게 받아들였다.

1부터 100까지 진행된 기나긴 숫자의 이어짐이 끝나자 맥스는 원을 그리고 있는 결사대원의 수를 다시 한번 세기 시작했다.

100명의 결사대원 중 회귀할 수 있는 이들의 수는 30명.

그리고 이 자리에 모인 이들은 30에서 더 줄어든 20명 남짓한 인원.

회귀한 이들과 회귀할 수 없는 이들.

결사대원이었던 자들과 아니었던 자들.

다시 하이브리드가 된 자들과 인간으로 남은 동료들.

전생과는 확연하게 달라진 결사대의 구성원들이었지만, 목표는 여전히 똑같았고 하나였다.

"우리는 다시 시작한다."

맥스가 오른팔을 들어 올리자, 다들 그를 따라 팔을 들어 올렸다.

그레인은 무의식적으로 왼팔을 들어 올리려다가 천천히 내리고, 오른팔을 들어 올렸다.

전생에는 화염의 어금니를 이식받았지만, 지금은 인간의 육체로 남아 있는 부위를.

"이전 생에 실패를 확인했던 바로 이 장소에서."

화르륵.

화로 안의 불길이 강렬해지면서 천장을 향해 솟아올랐다.

제8장

운명의 소용돌이

카르디어스 신성력 1398년 12월 15일.

결사대원 중 허락받은 이들만으로 치러진 의식 이후 5일이
흘러갔다.

대다수의 결사대원이 고성에 남았지만, 원래 있던 곳으로
돌아간 이들도 있었다.

스코트는 왕이라는 입장상 본국으로 돌아가야만 했고, 리
카르도는 의식을 마치자마자 포르테가로 복귀하기 위해 서둘
러 떠났다.

남은 이들은 맥스의 명령을 기다리며 고성에 대기 중이었다.

의식의 여파가 아직도 끝나지 않아서인지 무거운 분위기가 내내 유지되었다. 현생에서 처음 만난 사이도 있었지만, 반가움을 표할 상황이 결코 아니었다. 이전 그레인과 크루겐이 다섯 명의 동료를 한꺼번에 만났을 때와는 상반된 분위기였다.

결국 무거운 공기를 견디다 못한 드레이크는 정박 중인 해적선으로 돌아가 버렸다.

하지만 모두가 그처럼 떠날 수는 없었다. 전생보다 더욱 강해지기 위한 절차를 거치는 중이었기에.

"……."

그레인은 팔짱을 끼고서 눈앞의 문을 바라봤다.

펠릭스로 인해 발견된 코어의 추가 이식에 대한 가능성.

다른 결사대원에게도 그 가능성이 적용되는지에 대한 검사가 의식을 마친 당일부터 진행되었다. 결사대의 순번대로 진행된 탓에 그레인은 마지막으로 결과를 들어야 했다.

"들어오세요."

그레인은 방문 안쪽에서 들린 소리에 문을 열었다.

기다란 실험대 위에 정체를 알 수 없는 시약들이 유리병 안에 담겨 있었다. 실험대 한쪽 구석에 높게 쌓아 올린 문서들이 조금이라도 건드리면 와르르 무너질 것 같이 위태위태했다.

예전 베릴란트 성에 머물 때 들어가 본 적이 있었던 렌딜의 연구실과 비슷하면서 미묘하게 다른 느낌이었다.

"윽."

그레인은 코 안으로 흘러 들어온 냄새에 자신도 모르게 인상을 찌푸렸다.

전생에 몇 번이나 습격했던 교단의 비밀 연구소에서 맡았던 향과 거의 일치했기 때문이다.

"여기에 앉으세요."

실험대 건너편에 있던 델리아가 자신의 맞은편에 있는 빈 의자를 가리켰다.

"당신도 다른 이들과 똑같은 반응이로군요."

"그랬습니까?"

"어떤 분은 냄새를 맡자마자 토하기까지 했어요."

그녀의 말에 그레인은 코를 킁킁거렸다.

누군가가 토한 흔적은 남아 있지 않았지만, 탁자 아래에서 올라온 역한 냄새에 다른 의미로 그레인의 얼굴이 일그러졌다.

덕분에 하이브리드의 죽음을 상징하는 냄새가 뇌리에서 싹 사라졌지만, 불편한 느낌은 여전했다.

"당신은?"

"전 교단에 있을 때 질리도록 토했죠. 그래서 두 가지 냄새에 익숙해질 수밖에 없었답니다."

지난날의 고뇌를 이야기하는 델리아의 말투는 무덤덤했다.

그녀는 펠릭스나 베스티나처럼 회귀자가 아님에도 전생에 있었던 일을 받아들인 몇 안 되는 이들 중 하나였다.

그러나 그녀는 회귀가 이뤄진 제단 앞에서 진행되었던 의식에는 참여하지 않았다. 베스티나가 체일런의 코드네임을 계승한 것과 대조적이었다.

'나와 다르게 행동했지만, 근본적인 이유는 같겠군.'

전생의 델리아는 결사대가 결성되기 전에 이미 사망했고, 맥스로 하여금 결사대를 만들고 이끄는 계기가 되었다.

그래서인지 맥스는 첫 번째 연인이었던 델리아에 대한 미련을 끝내 떨쳐내지 못했다. 머리카락 색깔과 성격을 제외하면 그녀와 거의 흡사한 렌을 두 번째 연인으로 맞이했고, 회귀 이후에는 다시 델리아와 연인이 되었다.

전생에 대해 모두 말하면서까지.

이는 자신의 곁에 두는 것이 그녀를 가장 안전하게 보호하는 방법이라는 판단 때문이었다.

반대로 그레인은 아딜나가 결사대와 연관되는 것 자체마저 거부했다. 어차피 현생의 아딜나는 인간이기에 교단과 결사대의 투쟁에 끼어들 이유가 없었다는 점이 컸다.

"그래서 결과는 나왔습니까?"

그레인은 깍지를 낀 양손을 탁자 위에 올렸다.

내심 좋은 결과가 나오길 기대하면서도, 불가능하다는 결과가 나올 가능성 역시 배제하진 않았다.

"현재로선 아직 미정이라고 할 수 있겠군요."

부정도 긍정도 아닌 애매모호한 대답에 그레인의 왼쪽 눈썹이 살짝 꿈틀거렸다.

델리아는 그레인이 보여준 반응 정도는 양호하다는 듯, 아무렇지 않은 얼굴로 문서를 한 장 집어 들었다.

"우선, 전생에 이식받았던 코어는 현생에서도 별다른 문제없이 이식이 가능할 거예요. 저는 회귀한 이들 전원에게 코어의 추가 이식이 가능하다고 판단하고 있답니다."

"하지만 제 전생의 코어는……."

"네, 현재의 맥스에게 이식되었지요. 그래서 보유하고 있는 코어 중 이식에 적합한 것을 찾아봤지만, 현재로선 없더군요. 사실 빙룡의 어금니 하나만으로도 웬만한 코어를 두 개 이식받은 것 이상의 힘을 발휘할 수 있으니, 굳이 추가 이식이 필요할까 생각되기도 하고요."

"……."

"게다가 어느 한 명을 더 강하게 만들기보다는 결사대원 모두를 골고루 강하게 만드는 쪽이 결사대 전체로 보면 더 이득이지요."

결론은 그레인에게 추가로 이식될 코어가 현재는 없다는 이야기였다.

그러나 델리아는 또 다른 의미로 그레인에게 코어가 더 이식되는 것을 꺼려 했다.

"무엇보다 이미 겪었겠지만, 추가 이식 과정에서도 극심한 고통에 시달릴 거예요. 이레귤러… 가 아니라, 시련을 받지 않는 육체가 된 이후 그 시련을 겪은 적이 없을 테니 정말로 견디기 힘들 거예요."

"고통이라면 코어를 교체할 때 한 번 더 겪었습니다. 더 강한 힘을 얻을 수만 있다면 상관없습니다."

그레인은 아무렇지 않게 대답했지만, 델리아의 표정은 그렇지 않았다.

"그건 같은 계열의 고통이기에 극복이 가능했을지도 몰라요. 현 시점에서 유일한 추가 이식의 성공 사례인 펠릭스 전하께서는 두 가지 서로 다른 고통 속에서 미칠 것 같았다고 고백하셨더군요."

"전하께서……"

"그래서 적합한 결과가 나와도 어디까지나 선택권을 줄 뿐, 강요할 생각은 없어요. 당신처럼 강한 의지를 지닌 결사대원은 의외로 드무니까요."

고통은 인간의 많은 것을 변화시킨다.

그레인이 구한 크로드만 봐도 알 수 있었다. 회귀하자마자 실험이라는 이름 아래 받아야 했던 고통은 크로드를 완전히 바꿔놨으니까.

"당신에게 적합한 코어를 발견할 때까지 기다려 달라는 말밖에 할 수 없겠군요."

"그런데 굳이 개개인별로 결과를 통보할 필요가 있습니까? 더 간단히 가능 여부만 전달해도 될 테고. 나름 기대했는데 이것도 저것도 아니라는 대답이라서 김이 좀 새는군요."

그레인은 날이 선 말투로 델리아의 방식을 지적했다.

그러자 델리아가 한숨을 길게 내쉬더니 어깨를 움츠렸다.

"본인들은 자각 못 하는 것 같은데, 옆에서 보면 다들 민감한 상태예요."

"그렇습니까? 아, 확실히 그렇겠군요."

실제로 방금 전의 그레인은 평소답지 않게 다소 날카롭게 반응했다.

"이런 상황에서 누구는 힘을 더 얻을 권리를 소유하고, 다른 누구는 그렇지 못하다면 갈등으로 이어질 가능성이 커요. 어차피 서로 이야기를 나누다 보면 알게 될 일이지만, 친한 동료에게 듣는 것과 저에게 알게 되는 건 완전히 다른 느낌일 수도 있으니까요."

그레인보다 앞서 결과를 통보받은 이들의 태도가 어떠했는지 대충 짐작이 갔다. 실제 나이와는 걸맞지 않게, 어른스럽지 않은 자세를 보여줬음이 눈에 선했다.

"그러고 보니 그레인, 당신이 그 여자를 데리고 왔지요?"

"베스티나 말입니까? 무슨 문제라도 있습니까?"

"추가 이식에 높은 적합성이 엿보였어요. 그것도 현재 결사대가 보유한 코어 중 가장 희귀한 '천사의 날개'에 가장 적합하다는 결과가 나오더군요. 그녀가 위기 속에서 가져온 코어가 바로 그것이었으니… 참으로 기구한 운명이로군요."

그레인 일행이 두 번의 위기를 거치면서 가까스로 손에 넣었던 코어, 천사의 날개.

그러나 어제 델리아와의 개별 면담을 마친 베스티나는 그런 티를 전혀 내지 않았다. 대신 그레인에게 뭔가 말하고 싶은 눈빛을 보내긴 했었지만.

"그리고 12호 역시 특이한 케이스예요."

"크루겐이? 특이한?"

이야기의 주제가 크루겐으로 옮겨가자 그레인의 눈매가 날카롭게 변했다.

"알다시피 스펙터는 생물체가 죽어서 남긴 영혼이 변질된 것이랍니다. 그 스펙터로 형성된 코어에는 스펙터가 되기 이전의 존재가 지닌 능력도 포함되어 있어요."

"그렇다는 이야기는……."

"영혼이 어떠한 과정으로 코어가 되었는지는 아직도 모르겠지만, 현재의 12호는 추가로 코어를 이식받은 거나 마찬가지랍니다."

이제까지 크루겐이 보여준 하이브리드로서의 능력은 스펙터가 지닌 성질인 어둠과 깊게 관련되어 있긴 했다.

하지만 고작 하나의 코어를 이식받은 것치고는 여러 가지 방법으로 힘을 발휘할 수 있었다. 그 다양성의 원인을 델리아가 발견한 것이다.

"단, 스펙터가 되기 이전에 어떤 존재였는지는 저로서는 알 길이 없어요. 알아낼 수만 있다면 아직 크루겐이 미처 발견하지 못한 또 다른 능력이 있을지도 몰라요. 교단 측에서는 알고 있을지 모르지만."

"쉐일이 새로운 능력이 있다는 걸 늦게 알려준 이유가 그래서일지도 모르겠군요."

"네, 12호도 똑같은 말을 했어요. 많이 아쉬워하더군요."

적으로 돌아서기 전에 쉐일에게서 더 알아내지 못한 것에 대한 아쉬움을 그레인 역시 느꼈다.

"그런데 그걸 저에게 알려도 괜찮습니까? 이러면 개별 통보의 의미가 없다고 봐도 무방할 텐데."

"그레인, 당신은 다르니까요. 그 둘을 이끄는 리더이니 이정도는 알고 있어도 무방할 거예요."

'리더라.'

그레인은 오른손으로 턱을 괴더니 생각에 잠겼다.

본의 아니게 크루겐과 펠릭스, 그리고 베스티나까지 이끌고 결사대로 왔지만, 자신에게 누군가를 이끌 능력은 딱히 없다는 생각에는 변함이 없었다.

게다가 무슨 일이 발생할 때마다 그의 내면에서 여러 감정이 뒤섞였다. 리더로서 지녀야 할 냉철함과는 거리가 먼 부분을 무시할 수 없었다.

'전생에 부단장 격이었던 고든이라면 모를까……'

지금의 자신은 아직도 부족하다고 느꼈다.

무엇보다 자신의 행동으로 인해 누군가의 운명이 바뀐다는 진실을 무덤덤하게 받아들이기엔 아직 무리였다.

*   *   *

조사 결과를 통보받고 나온 그레인은 다른 일행들과 함께 맥스의 집무실로 향했다.

가던 도중 결과가 어땠냐는 크루겐의 말에 그레인은 조용히 고개만 저었다.

"어이, 고생들 하십니다."

뻘쭘해진 크루겐은 집무실로 향하는 통로 입구에 서 있는 경비병들에게 가볍게 인사를 건넸다.

며칠 전 있었던 결의의 의식을 치를 때와 달리, 고성 안 곳곳에는 경비병들이 배치되었다.

전원 스코트가 내준 병사들이고, 교단의 횡포에 직간접적으로 피해를 입은 자만으로 차출되었기에 믿을 수 있는 '인간'들이었다.

"…왔군."

살짝 열린 문 사이로 맥스의 경호원 역할을 담당 중인 파르티온이 얼굴을 내밀었다.

그레인 일행 전원이 왔음을 확인한 그는 문을 마저 열더니, 일행이 방 안으로 다 들어오자 문을 닫았다.

책상과 의자 하나만 있는 삭막한 방.

의자에 앉아 있는 맥스 옆에는, 전생에 있었던 일을 받아들였지만 아직도 회귀하지 못한 듀란이 서 있었다.

결사대가 옛 모습을 되찾아가는 중임을 알 수 있는 구도였다.

"그레인, 결과는?"

"현재로선 나에게 적합한 코어는 없다고 하더군."

델리아가 한 말 때문인지 그레인의 시선이 맥스의 오른팔에 머물렀다.

"그런가."

익히 들어 알고 있는 내용을 재차 확인한 맥스가 듀란 쪽을 넌지시 바라봤다.

듀란은 들고 있던 문서 중 한 장을 꺼내 탁자 위에 올려놨다.

"마음 같아서는 좀 더 휴식을 주고 싶지만, 지금 막 중요한 정보가 들어온 탓에 그러지 못하는 점을 양해 바란다."

"상관없다. 가만히 기다리면서 시간을 허비하는 것보다는 훨씬 나으니까."

그레인은 탁자 위로 손을 뻗어 문서를 집어 들었다.

같이 온 일행들은 그의 어깨 너머로 문서에 적힌 내용을 찬찬히 읽기 시작했다.

"이번 임무는 교단의 비밀 연구소 중 한 곳을 급습해서 누군가를 데리고 오는 일이다. 납치에 가깝겠지만."

좌에서 우로 반복해서 움직이던 그레인의 눈동자가 익숙한 이름을 보는 순간 멈췄다.

"너와 안면이 있는 자다."

"이스트라 교관이로군."

"지금은 추기경이지, 쉐일과 함께."

"교관님이 추기경이라니? 무슨 소리야?"

크루겐은 이해할 수 없다는 얼굴로 맥스를 쳐다봤다.

"성수에 대해서는 다들 알고 있겠지? 그 비법의 개발자가 바로 쉐일과 이스트라, 두 명이다."

"역시."

그레인은 자신의 예측이 맞았음을 확인하며 씁쓸해했다.

교단의 인물들 중 몇 안 되는, 어쩌면 결사대의 조력자가 될 수 있었던 이스트라가 이제는 가장 위협적인 인물이 되어 버린 것이다.

"이미 유포된 성수야 어찌할 수 없다고 쳐도, 이스트라를 납치해 온다면 교단 측에 적지 않은 타격을 줄 수 있을 거다."

"쉐일은 제외하고 이스트라만?"

"쉐일 쪽은 알다시피, 사실상 설득이 불가능하다. 데리고 와야 할 존재가 아니라 가능하면 빨리 제거해야 하는 적이지."

"비밀 연구소의 위치는?"

그레인의 물음에 듀란은 들고 있던 두 장의 지도 중 하나를 크루겐에게 건네줬고, 남은 하나를 탁자 위에 펼쳤다.

"전생에는 없던 위치에 설치되어서 파악하는 데 시간이 걸렸다."

그레인은 지도 위에 고성이 그려진 곳을 손가락으로 집더니 'X' 표시가 된 곳까지 주욱 그었다.

지도상으로는 한 뼘 정도의 거리였지만, 두 곳을 잇고 있는 곡선 아래에는 한 달이라는 시간이 적혀 있었다.

"우리들이 이동하는 사이 자리를 비울 가능성은?"

"그럴 걱정은 없다. 그 문서에도 적혀 있지만, 이스트라는 쉐일과 다르게 비밀 연구소에 틀어박혀 밖으로 나오질 않는다고 하더군."

"그렇다는 이야기는, 쉐일은 활발하게 움직이는 중이라는 건가?"

"주로 신앙심이 깊은 귀족들을 상대로 신의 선택을 받을지도 모른다며 꼬드기는 중이라는군. 현재는 교황 아르디언과 함께 쉬르 왕국의 건국 행사에 참여할 예정이라고 한다."

"쉬르 왕국이라면, 왕이 하이브리드가 될 뻔했던 나라 아닌가?"

그레인은 전생의 기억을 더듬으며 한 남자의 얼굴을 떠올렸다.

당시 쉬르 왕국의 왕, 코니안 2세.

전생의 교단은 각 나라의 왕들 중, 신앙심이 유달리 깊었던 코니안 2세에게 은밀하게 접근했다. 비법을 통해 그에게 코어의 이식이 가능하다는 사실을 알아낸 교단이 코어의 이식을 시도했으나, 정보를 입수한 결사대가 끼어들면서 혼전이 시작되었다.

당시의 결사대는 교단과의 치열한 사투와 거듭된 설득 끝에 코니안 2세가 하이브리드가 되는 것만은 막을 수 있었다.

전생을 기준으로, 연도로 따지면 지금으로부터 10년 뒤에나 벌어져야 하는 일.

그러나 회귀로 인한 운명의 뒤틀림은 코니안 2세를 향한 교단의 접근을 훨씬 앞당겼다.

"이번에도 코니안 2세가 하이브리드가 되는 걸 막을 계획인가?"

"아니, 막지 않을 거다."

"왜?"

그레인이 물어보자 맥스는 의자를 옆으로 돌리더니 창문 쪽을 응시했다.

"고통이란… 직접 겪어본 자들만이 공감할 수 있다."

잠시 뜸을 들인 뒤 나온 맥스의 대답은 무겁기 그지없었다.

"하이브리드가 겪어야 하는 고통을 아무리 설명해도 공감하지 못해. 본인이나 주변 사람들이 겪지 않는 이상, 우리들이 그 어떤 증거를 내세우더라도 믿지 않을 거다. 전생을 통해 얻게 된 교훈이지."

"그랬지."

그레인은 코니안 2세를 구한 이후의 일을 떠올렸다.

그 말고도 여러 나라의 고위 인사들이 하이브리드가 되는 걸 막긴 했지만, 위기에서 벗어난 그들이 모두 결사대에 협조하진 않았다.

코니안 2세는 직접 결사대원들을 불러 연신 감사를 표했지만, 약간의 '성의'와 말뿐인 감사에 그쳤다. 그나마 쉬르 왕국은 결사대와 교단과의 혈전에서 중립을 선언했지만, 승부가 교단 측의 우세로 기울자 언제 도움을 받았냐는 듯 교단 측에 붙어버렸다.

"인간은 쉽게 변하지 않는다. 코니안 2세도 마찬가지일 거다."

"그래도 전생 때처럼 그를 구해서, 쉬르 왕국이 한동안이라도 중립을 고수하도록 만드는 게 이득 아닌가? 만약 그가 시련을 버티지 못하는 하이브리드가 되어버린다면 더욱더 교단에 협조할 수밖에 없는 형편이 될 거라고 보는데."

그레인의 지적에 맥스는 살짝 고개를 끄덕거렸다.

그러나 그건 긍정의 뜻이 아니라, 앞서 듀란과의 토의 과정에서 나왔던 이야기이기에 예상했다는 의미로서의 반응이었다.

"그럴 수도 있겠지. 하지만 난 다르게 생각한다."

"어떤 식으로?"

"우선은 비법이 발견되기 전까지의 하이브리드가 어떤 처지였는지부터 언급해야겠지. 대다수가 하층민 출신이었다. 그래서 노예라는 입장을 비교적 쉽게 받아들인 거다. 노예에게는 최소한 하루하루 살아갈 수 있는 먹을 것은 제공되니까."

"그랬지."

그레인의 뇌리에 빙룡의 비늘을 이식받았던 소년의 얼굴이 떠올랐다.

"하지만 많은 것을 누리던 이들이 하루아침에 교단에 속박되는 경우라면 어떻게 될까? 인간 이상의 힘을 얻게 되더라도, 교단의 명령을 거부할 수 없는 입장을 그들이 과연 순순히 받아들일까?"

맥스는 그레인이 아닌 펠릭스를 향해 시선을 돌렸다.

그리고 이번에도 예상이 맞았음에 아주 옅은 미소를 지었다.

"전하는 이해하시는 것 같군요."

"전생의 동생이, 그리고 지금의 내가 그럴 뻔했으니까."

많은 것을 누리고 손에 거머쥔 자들에게 있어서 소중한 가치 중 하나.

바로 자유.

그 누구에게도 얽매이지 않는 자유라는 가치는 그것을 이미 누린 자들이 더욱 소중하게 여기는 법이다. 실제로 전생의 결사대에 많은 이들이 가입한 시점은 다름 아닌 교단의 비법을 통해 다양한 계층에서 하이브리드가 생성된 이후였다.

물론 그들은 시련을 받지 않는 이들로 한정되었지만, 현생의 맥스는 그 폭을 더 넓힐 작정이었다.

"현재 결사대 내에서 교단에 대항할 두 가지 비법을 연구 중이다."

맥스는 오른손을 펼치더니 엄지를 접었다.

"하나는 시련을 느끼지 못하는 육체로 바꾸는 비법."

순간 맥스에게로 모두의 시선이 집중되었다.

"정말 개발되었나?"

"이제까지 습격했던 연구소들의 자료를 토대로 연구가 진행되고 있다. 아직은 개발 중이지."

기대가 아쉬움으로 바뀌긴 했지만, 시련에서 벗어날 수 있는 다수의 하이브리드들을 결사대로 끌어들일 수 있는 계기임은 분명했다.

"그, 그러면 멜린다 교관님 같은 분도 결사대의 일원이 될 수 있겠네?"

"교단 소속의 하이브리드들도 설득할 수 있을 거다."

"전생 때보단 확실히 편들어줄 하이브리드들은 많아지겠어."

각자의 가슴속에서 서로 다른 두 개의 감정이 서로 교차하는 와중에 맥스가 오른손의 검지를 접었다.

"또 하나는 하이브리드를 인간으로 되돌리는 비법. 이것 역시 아직도 개발 중이긴 하지만, 이스트라를 참가하도록 설득한다면 이야기는 달라질 거다. 그런 의미에서 이번 임무는 반드시 성공해야 한다."

"……!"

운명 그 자체를 바꿀 수 있다는 맥스의 말에 이번에는 펠릭스에게 시선이 집중되었다.

그는 마음속의 동요를 나타나지 않기 위해 입술을 굳게 다물었지만, 팔짱에 가려져 있는 펠릭스의 오른손이 미세하게 떨고 있었다.

"나는 후자를 교단에 의해 하이브리드가 된 고위 계층에게 제공할 예정이다."

교단과의 투쟁에서 전생의 결사대가 부족했던 부분.

그것은 다수의 인간을 같은 편으로 끌어들이지 못했다는 약점이었다. 그걸 해결할 방법을 깨달은 건 패배 직전에 몰린, 회귀 직전이었다.

그때부터 맥스는 변하기 시작했다. 어떤 의미에선 '순수하게' 교단과의 투쟁에 매달렸던 맥스는 더 이상 없었다.

"물론 확실한 협조를 제공받는다는 전제하에 교단과의 투쟁이 끝난 이후 시점에."

*　　　　*　　　　*

카르디어스 신성력 1398년 12월 24일.

대륙 중앙에 위치한 왕국, 쉬르.

쉬르 왕국의 수도에선 건국을 기념하는 축제가 한창 진행 중이었다.

건국절답게 거리 곳곳에 걸린 깃발들 사이로 수많은 노점상이 자리 잡았고, 거리를 오가는 시민들의 얼굴에는 웃음이 가득했다.

한창 행사가 진행 중인 수도 중앙의 대광장에는 평소의 몇 배가 되는 인원이 몰려들었다. 100년째 행사 이후 처음으로 쉬르 왕국을 교황이 방문한 것이다. 왕을 비롯하여 독실한 카르디어스 교의 신자들이 많은 왕국의 분위기상, 교황을 멀리서나마 볼 기회를 놓칠 국민들이 아니었다.

"아르디언 예하!"

"이쪽을 봐주십시오, 예하!"

수많은 인파가 교황의 이름을 연호했고, 단상 위에 선 교황 아르디언은 손을 들어 그들의 환영에 답했다. 행사의 주인공이 왕이 아닌 교황이 되어버린 격이었지만, 교황 옆에 서 있는 코니안 2세의 얼굴에는 불쾌한 기색이 전혀 없었다. 어릴 적부터 선왕에 의해 교단의 가르침을 받았기에 이런 분위기를 오히려 반기는 듯한 태도였다.

"모두들 잠시 제 말을 들어주십시오."

아르디언이 양팔을 앞으로 내밀더니 손끝을 까닥이며 조용히 해달라는 신호를 보냈다.

순식간에 광장에 고요가 감돌았고, 사람들은 교황이 어떤 말을 해줄지 기대하는 눈빛으로 그를 응시했다.

"위대한 쉬르 왕국의 건국절인 오늘, 제가 이 영광스러운 자리에 있을 수 있는 건 저를 초대해 주신 폐하 덕분입니다."

"허허, 별말씀을……."

"이에 저희 교단에서는 경사로운 이날을 축하하는 의미에서 소소한 선물을 준비했습니다. 쉐일, 시작하도록."

"알겠습니다, 예하."

아르디언 앞으로 나선 추기경 쉐일은 양손에 하나씩 쥔 유리잔을 시민들이 볼 수 있도록 높이 들어 올렸다.

잠시 후, 쉐일은 각각 붉은색과 푸른색 액체가 담긴 두 개의 잔을 아래로 기울였다. 아래에 놓여 있던 커다란 유리잔 안에 섞인 적색과 청색이 순식간에 무색으로 변하자 곳곳에서 감탄사가 쏟아져 나왔다.

교단은 성수를 일부러 쉬르 왕국에는 전파하지 않았다.

바로 오늘을 위해서.

"이것은 성스러운 물, 성수입니다."

"오오오!"

코니안 2세의 입에서 찬사가 터져 나왔고, 이를 지켜보던 시민들은 환호성으로 답했다.

독실한 신자이기도 한 그들은 성수의 존재에 대해서 익히 알고 있었다. 그러나 어떤 이유에서인지 쉬르 왕국에는 아직 성수가 전파되지 않았고, 다른 나라의 교구까지 찾아가 구하려는 이들까지 있을 정도였다.

"성스러운 의식을 마쳐야 탄생할 수 있는 것이기에 쉬르 왕국에 미처 전파하지 못한 점, 양해 부탁드립니다. 그런 의미에서 쉬르 왕국에서의 첫 성수를 이분들께 바치고자 합니다."

쉐일은 미리 준비해 놓은 여섯 개의 은잔에 방금 만들어진 성수를 나누어 부었다.

그리고 단상 위에 올라와 있는 왕과 왕비, 그리고 왕자와 공주들에게 권했다.

"자, 마십시오."

아르디언은 인자한 얼굴로 마시기를 권했다.

"그, 그렇다면 제가 먼저……."

코니안 2세가 잔을 들이켜자, 다른 이들이 부들부들 떠는 손으로 각자가 움켜쥔 유리잔을 입에 대고 기울였다.

시민들은 숨을 죽이고 '신의 선택'을 받을 이가 누구인지 지켜봤다.

"오, 오오……."

아르디언이 두 명의 손을 번갈아가며 보더니 감탄하며 성호를 그었다.

그의 시선이 맨 처음 머문 자는 코니안 2세의 아들 중 한 명인, 쉬르 왕국의 제2왕자 벨린이었다.

"여기, 신의 선택을 받은 분들이 두 명이나 계십니다."

"제가 신의 선택을? 정말입니까?"

이제 겨우 10살이 된 벨린은 얼떨떨한 표정으로 주위를 둘러봤다. 선택에서 제외된 이들은 한결같이 부러운 시선으로 벨린을 바라봤다.

그러나 코니안 2세의 시선은 아들이 아닌 자신의 두 손에서 떨어질 줄 몰랐다.

"혹시 저도?"

"폐하까지 포함해서 말입니다."

아르디언은 코니안 2세의 오른손을 양손으로 살며시 쥐었다.

예상을 훨씬 넘어선, 기획의 성취를 잔뜩 만끽한 표정을 지으면서.

*　　　　*　　　　*

베릴란트 왕국의 수도 베릴란트 성.

대륙에서 교세가 가장 미약한 베릴란트 왕국 안의 분위기는 교단에게 가혹하기만 했다.

몇 달 전 제루드 성에서 발생한 사건으로 인해 조금이나마 성당을 찾던 이들의 발길이 거의 끊겼고, 교단 상부의 지원금 없이는 성당 자체가 운영이 되지 않을 정도였다.

베릴란트 성 교구의 분위기도 예외는 아니었다.

"내가 왜 여기서 이런 일을 해야 하지?"

주임 사제 달렌트는 한 손으로 턱을 괸 채로 한숨을 길게 내쉬었다.

성당 앞에 긴 탁자를 놔두고, 상부에서 시킨 대로 빵과 '성수'를 제공할 준비를 갖췄지만 오늘따라 오는 이들이 거의 없었다. 왕국 내에서의 교단의 이미지는 베푸는 데 인색하다는 평을 받던 터라, 갑작스러운 자선 활동에 무슨 꿍꿍이속인지 모르겠다는 의심 때문이었다.

그래도 사제들을 시켜 발품을 팔게 한 결과, 거지들이 끼니를 때우기 위해 모여들긴 했었다.

문제는 성수를 마신 이들 중 두 명이 반응을 보인 이후였다.

신의 선택을 받았다는 주임 사제 달렌트의 말에 거지들은 비웃으면서 돌아가 버렸고, 다시 오지 않았다. 달렌트는 그 두 명을 붙들고 거듭 설득했지만, 빛을 나게 하는 마법 가지고 사기 칠 생각 말라는 비웃음만 샀다.

"그나저나 푸른색 비약은 언제 다시 보급되는 거지?"

"그건 주임 사제님이 일대일로 제대로 비율을 안 맞춰서 그런 거 아닙니까?"

"시끄럽다! 대신 남은 건 다른 용도로 썼으니 됐지 않느냐!"

부하의 지적에 달렌트는 역성을 내며 다시 한숨을 내쉬었다.

"이러다가 성지에 가보지도 못하고 평생 여기에 머무르는 거 아닐까?"

어두운 자신의 미래를 한탄하던 달렌트가 갑자기 자리에서 벌떡 일어섰다. 하녀 복장의 여성이 주위를 조심스레 살피면서 사제들에게 다가갔다.

"겨, 결과는 어찌 되었나?"

달렌트는 성수를 조합하는 과정에서 자신의 실수로 남게 된 붉은색 비약을 그냥 놔두지 않았다. 색깔이 비슷하다는 점을 이용해 포도주에 섞은 뒤, 돈으로 매수한 유력 가문의 하녀들을 통해 귀족들이 모르게 마시게끔 일을 꾸몄다.

그러나 벌써 나흘째 아무런 반응이 없다는 보고만 받았다.

"한 명이 반응을 보이긴 했어요."

"반응을? 누구인가? 누가 반응을 보였지?"

눈을 크게 뜬 달렌트가 하녀의 양어깨를 덥석 붙들었다.

"에르닌 아가씨였습니다."

"헉… 아, 아니지. 어떤 일이 일어났지?"

순간 소리를 지를 뻔했던 달렌트는 숨을 고르면서 다음 질문을 했다.

'제발 빛이 났다는 대답이 나오길!'

매수한 하녀들이 거짓으로 보고하고 추가 수고비를 받아 갈까 봐 구체적으로 어떤 현상이 일어날지를 가르쳐 주지 않았다.

"아주 잠깐이었지만, 아가씨의 손에서 빛이 났어요."

"뭐? 정말로?"

"대신 그 빛 때문에 다른 사람들은 마시지 않았어요."

"괜찮네! 수고했어!"

달렌트는 하녀의 손 위에 약속했던 것보다 금화 하나를 더 얹어주었다.

"알다시피 절대 비밀을 엄수해 주게나. 이 일이 퍼지면 나나 자네나 무사하지 못할 거야."

"그러면 전 이제 하녀 관둬도 되겠죠? 혹시라도 들킬까 봐

조마조마했다고요."

"그건 자네가 알아서 할 일이고. 아무튼 입단속 부탁하네."

하녀는 손바닥 위의 금화들을 주머니에 넣고선, 급하게 자리를 떴다.

그런 그녀의 뒷모습을 바라보며 달렌트는 함박웃음을 지었다.

"예상치 못한 곳에서 큰 수확을 얻었어! 하, 하하!"

달렌트는 웃음을 맘껏 터뜨리며 기쁨을 만끽했지만 다른 사제들은 그리 밝은 표정이 아니었다.

"그런데 이레귤러인지 아닌지는 알 수 없지 않습니까?"

"애초에 완전한 성수가 아니었잖아요."

"아차, 그랬지! 이런… 어쩐다?"

부하의 지적에 달렌트는 웃음을 멈추고 시무룩한 표정으로 고개를 숙였다.

탁자 앞을 왔다 갔다 하며 고민하던 그는 무언가 결심한 표정으로 고개를 치켜들었다.

"우선 붉은색 비약에는 반응을 보였다고 상층부에 보고해야겠다."

"네? 에르닌 아가씨가 누구인지 모르고 하는 말씀입니까? 포르테가의 무남독녀라고요! 뒷일은 생각하셔야죠!"

"게다가 그렇게 기부를 많이 해주셨는데……."

"이성을 찾으세요. 렌딜 님이 어떤 사람인지 모르십니까?"

대마법사 렌딜의 딸을 하이브리드로 만들려는 달렌트의 위험한 발상에 사제들은 학을 뗐다.

"그래서? 난 아무것도 안 하면 영원히 이곳에서 썩어야 할지도 모르는데?"

달렌트에게 있어서 베릴란트 성 교구는 절대 출세와는 거리가 먼 곳이었다.

게다가 하필이면 자신의 아래에 있던 두 명의 하이브리드가 탈주하는 바람에 출셋길이 완전히 막혀 버린 터였다.

이미 망가진 미래만 보이는 현 시점에서 그는 냉정한 판단을 할 이유가 없었다.

"어차피 하이브리드가 되면 교단을 거역할 수는 없어."

"이레귤러의 자질이면요?"

"그땐 이레귤러로서의 용도가 있을 거다."

달렌트는 건물 위로 높이 솟아오른 마탑을 올려다보며 섬뜩한 미소를 지었다.

『30인의 회귀자』 6권에 계속…

초대형 24시 만화방

신간 100%, 샤워실, 흡연실, 수면실(침대석), 커플석, 세탁기 완비

▪ 광명 광명사거리역점 ▪

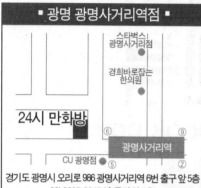

경기도 광명시 오리로 986 광명사거리역 6번 출구 앞 5층
02) 2625-9940 (솔봄타워 5층)

▪ 강북 노원역점 ▪

서울 노원구 상계동 340-6 노원역 1번 출구 앞 3층
02) 951-8324 (화용빌딩 3층)

▪ 일산 정발산역점 ▪

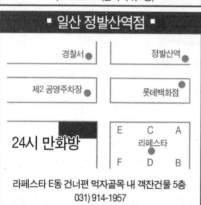

라페스타 E동 건너편 먹자골목 내 객잔건물 5층
031) 914-1957

▪ 일산 화정역점 ▪

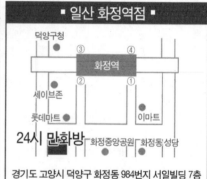

경기도 고양시 덕양구 화정동 984번지 서일빌딩 7층
031) 979-4874 (서일사우나 건물 7층)

▪ 부천 역곡역점 ▪

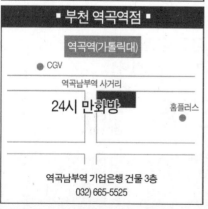

역곡남부역 기업은행 건물 3층
032) 665-5525

▪ 부평역점 ▪

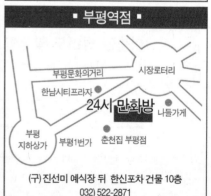

(구) 진선미 예식장 뒤 한신포차 건물 10층
032) 522-2871

FUSION FANTASTIC STORY

인기영 장편소설

호감받고 성공덤!

안경 여드름 돼지. 줄여서 안여돼.
그것이 김두찬의 인생이었다.

제발 한 번만,
단 한 번이라도 당당한 삶을 살아보고 싶어!

띠링!
우주 최초 리얼 시뮬레이션 '인생 역전'의
플레이어로 선정되셨습니다!
접속하시겠습니까?

**YES를 선택한 순간, 모든 것이 달라졌다.
안여돼 김두찬의 인생 역전기!**

Book Publishing CHUNGEORAM

크레도 장편소설
FUSION FANTASTIC STORY

톱스타 이건우

열정만으로 성공하는 것은 아니다!

어중간한 실력으로 허송세월하던 이건우.

그의 앞에 닥친 갑작스러운 사고와 함께 떠오르는 기억.

'나는 죽었는데 살아 있어. 그건 전생? 도대체……'

전생부터 현생까지 이어지는 인연들.
그리고 옥선체화신공(玉仙體化神功)……

망나니처럼 살아온 이건우는 잊어라!
외모! 연기! 노래!
삼박자를 모두 갖춘 최고의 스타가 탄생한다!

Book Publishing CHUNGEORAM

유행이 아닌 자유추구 -
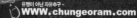
WWW.chungeoram.com